102

HEYNE BÜCHER

DIANA YOUNG

FERNGULLY

Christa und Zaks Abenteuer im Regenwald

Aus dem Englischen
von
MARIA ANDREAS

Deutsche Erstausgabe

WILHELM HEYNE VERLAG
MÜNCHEN

HEYNE ALLGEMEINE REIHE
Nr. 01/8526

Titel der Originalausgabe
FERNGULLY

Redaktion: Werner Bauer

Umschlaggestaltung: Atelier Ingrid Schütz, München
Satz: Schaber Satz- und Datentechnik, Wels
Druck und Bindung: Presse-Druck, Augsburg

ISBN 3-453-06298-1

Für Bindo, Tui und Nuro, und für die Kinder überall.

Besonders möchte ich Jim Cox danken, der diese Geschichte wesentlich mitgestaltet hat, und meinen Söhnen Scott, Stuart und Nik, die FernGully ihre ganz besondere Sorte Humor aufgeprägt haben.

Inhalt

Tief im Herzen eines jeden Waldes gibt es einen Ort, wo es grüner und stiller ist als überall ringsherum. Hier im Regenwald heißt dieser Ort FernGully.

I

Der Wald erwacht

Als sich der erste Schimmer der Morgendämmerung über FernGully legte, wachte Christa auf. Diese Zeit ganz früh am Tag liebte die winzige Elfe am meisten. Mit einem Schwung schnellte sie aus ihrer Spinnweb-Hängematte, wobei sie sich Mühe gab, ihre beiden Schwestern nicht aufzuwekken, und schlich auf Zehenspitzen aus ihrer Schlafhöhle. Im hohlen Stamm des gewaltigen Feigenbaums, in dem sie wohnte, flatterte sie die Wendeltreppe hoch und öffnete eine winzige Baumschwamm-Tür. Als sie auf den Zweig hinaus ins Freie trat, sah sie, daß sie nicht als einzige schon so früh wach war.

Ein Schwarm Schmuckloris fegte pfeilschnell zwischen den Bäumen hindurch. Plötzlich hallte der Wald von Vogelrufen wider: Der Chor der Frühaufsteher schmetterte ein kurzes, schallendes Lied.

Christa breitete ihre türkisfarben Flügel aus und sprang vom Baum ab, hinein in den feinen Nebel. Sie fiel an Millionen funkelnder Tautropfen vorbei, schlug einen Purzelbaum, und knapp vor dem Boden fing sie ihren Sturzflug ab und schraubte sich in Spiralen nach oben. Sie tanzte zum Morgenlied der Vögel in der Luft, dann übte sie ein paar Loopings und Rollen.

»He, paß doch auf, du alter Papagei!« rief sie, als sie mit einem Schmucklori zusammenstieß. Der Lori zeterte und setzte ihr nach.

»Dieser Wald gehört nicht dir allein, Christa!«

»Ach, schwirr ab, Lorry!« Sie lachte, haschte nach einer herabhängenden Ranke und schwang sich an ihr durch die Bäume.

»Dich häng ich doch jederzeit ab«, meckerte Lorry.

Sie grinste. »Das ist ja zum Kichern! Du fliegst ungefähr so schnell wie ein nasses Buschhuhn.«

»Dann schauen wir doch mal, wer als erster beim Palmenhain ist«, tschilpte er fidel und schoß durch die Bäume davon.

Christa nahm die Herausforderung an und flog ihm nach. Wettfliegen war ihr Lieblingssport, und sie wußte, daß sie zu den Schnellsten im Wald gehörte. Nur ihr Freund, der Elfenjunge Pips, schaffte es beinahe, sie zu schlagen.

Mühelos holte sie den Lori ein und flog bei jeder Kurve Schulter an Schulter mit ihm dahin, während sie über Baumfarne und Rohrpalmen hinwegsetzten und im Zickzackkurs den Stämmen riesiger Rotzedern und Huonkiefern auswichen.

Sie überquerten den Bach am Pythonfelsen und preschten durchs Verschlafene Tal. Christa winkte im Vorbeiflitzen dem Steingesicht zu.

»Ich bring dir was Besonderes mit, wenn ich zurückkomme«, rief sie ihrem Lieblingsfelsen zu und fragte sich, ob er sie wohl je wirklich hörte.

Sie jagte den Lori um verschlungene Ranken und Stachelaralien herum. In Schlangenlinien kurvten sie durch die Windbruch-Lichtung. Sie schossen hoch bis zu den Baumwipfeln, machten knapp unterhalb des Blätterdachs kehrt und stürzten sich wieder nach unten, streiften im Tiefflug fast den Waldboden. Ein geräuschvoller Pitta kreischte auf und duckte sich schutzsuchend, als sie gefährlich dicht über seinem Kopf vorbeizischten.

Sie wußten beide, daß laut Feengesetz das Fliegen mit derart überhöhter Geschwindigkeit verboten war. Doch keiner von ihnen ließ sich dadurch bremsen.

Der Lori mußte sich schließlich geschlagen geben, als Christa in einem grellen, blauschillernden Lichtblitz an ihm vorbeischoß.

»Das ist ja ein Elfentrick!« maulte er und flatterte in die Zweige eines großen Flammenbaums hinauf, wo er zwischen den hellroten Blüten verschwand.

Sie lachte. »Na, komm schon, Lorry! Ich *bin* eben eine Elfe.«

Doch der Lori weigerte sich, das Rennen fortzusetzen, weil sie als Elfe einen unfairen Vorteil besäße. Christa stritt sich erst gar nicht weiter mit ihm herum, sondern flog einfach weiter.

Inzwischen war der Wald in flirrendes Morgenlicht getaucht, und Christa hatte so richtig Lust, sich mitten ins summende Leben zu stürzen. Verspielt tänzelte sie über schräge Sonnenstrahlen, half einer Biene beim Honigsammeln und schaute dann einem Schwarm flegelhafter Papageien zu, die sich um reife Früchte zankten. Eine Flaumfußtaube gurrte: »Guten Morgen!«, und Christa fiel in ein Lied ein, das die Frösche gerade quakten.

Wohin sie auch blickte, wuselte es im Wald vor Leben: ein aufgeregtes Buschhuhn scharrte Erde zu einem hohen Hügel zusammen, in dem es sein Nest bauen würde; ängstliche grüne Ameisen suchten nach Nahrung, und Schmetterlinge gaukelten anmutig zwischen blühenden Ölfruchtsträuchern und Wisterias herum.

Christa folgte einem schmalen Pfad, der sich durch die Bäume schlängelte, sang ein altes Feenlied und blieb ab und zu stehen, um Spinnweben und winzige Samen aufzusammeln. Ihre Fundsachen verstaute sie sorgfältig in dem Beutel aus Spinnengewebe, dem Zauberbeutel, den die alte Magi ihr vor vielen Sommern geschenkt hatte.

Beim Gedanken an Magi lächelte Christa. Magi war die älteste Elfe im Wald, so alt, daß Christas Großvater immer sagte, sie sei schon mit dem ersten Baum dagewesen.

Christa wurde jedesmal ganz aufgeregt, wenn sie sich an das Versprechen erinnerte, das die Elfengreisin ihr gegeben hatte.

»Eines Tages werde ich dich in die alten Zauberkräfte einweihen, denn das Wissen darüber darf nie verlorengehen. Aber erst mußt du erwachsen werden!«

»Wann werde ich *je* erwachsen sein?« fragte sich Christa und hüpfte auf einen Sonnenstrahl, der sich durch das Blätterdach hindurchzwängte. Sie glitt darauf bis zum Waldboden hinunter, landete mit einem Plumpser auf einem feuchten Blatt und rutschte darauf aus, so daß sie in einen Blätterhaufen purzelte, der unter einer Schefflera vor sich hin rottete.

»Wer ist denn das? Wer kann denn das nur sein?« schniefte eine vertraute Stimme aus einem Erdloch.

»Ich bin's, Christa. Allerdings stecke ich mitten im Mulch.«

Ein Potoroo hoppelte langsam aus seinem Bau; es

sah einer Maus ziemlich ähnlich, bis auf die Nase, die viel länger war. Das Beuteltier war hochbetagt und schon fast blind; hier und da kamen im schütteren Fell bereits kahle Stellen zum Vorschein.

Christa lächelte, während sie den Schmutz von sich abklopfte. »Hallo, Potsy, ich hab dich ja schon ewig nicht gesehen. Wo hast du denn gesteckt?«

Das Potoroo saß auf den Hinterbeinen und wand seine winzigen Vorderpfoten. Seine Schnurrhaare sträubten sich nervös, als es die Luft einsog.

»Ach, Christa, guten Tag. Ich habe mich nirgends versteckt,« sagte Potsy.

»Nein, ich meine, wo du *gewesen* bist!«

»Du brauchst nicht gleich zu schreien!« antwortete Potsy verschnupft. »Ich war bei den Donnerfällen unten. Aber dort ist es zu feucht für mich. Bleib nur weg von diesen Wasserfällen. Die Frösche dort machen ein Höllenspektakel.«

»Weswegen denn?« fragte sie und strich sanft über seine langen Schnurrhaare.

»Sie reden über die alten Geschichten«, antwortete Potsy geheimnisvoll.

»Welche alten Geschichten? Meinst du die Sagen von den *Menschen?*« Vor lauter Aufregung flatterte Christa in die Luft.

»Nein«, schnaubte Potsy und schielte über die Schulter nach möglichen heimlichen Lauschern. »Und komm bloß wieder auf den Teppich runter! Laß dir deinen hübschen Kopf nicht von Menschen-Märchen verdrehen.« Potsy zuckte nervös mit den Schnurrhaaren. »Nein, die Rede war vom Wetter, und warum es nicht mehr so ist wie früher. Alle an den Donnerfällen glauben, daß jemand damit herumpfuscht.«

Christa staunte. »Aber das wäre ja Wetterzauber! So was kommt doch nur in Feenmärchen vor.«

»Also mit dem Wetter geht's wirklich drunter und drüber«, schnüffelte Potsy. »Da braucht man kein Frosch zu sein, um das zu merken.« Und dann flüsterte er: »Alle glauben, daß Hexxor seine Finger im Spiel hat.«

»Hexxor?« sprudelte Christa mit weit aufgerissenen Augen hervor. »War Hexxor nicht der böse Geist, der einmal vor langer Zeit versucht hat, diesen Wald zu zerstören?«

Das Beuteltier nickte. »Genau. Sorgen macht mir vor allem, warum sich überhaupt jemand an diesen Hexxor erinnert. Solche alten Geschichten sollte man am besten vergessen, die Leute regen sich nur darüber auf, und das bedeutet dann nichts als Ärger. Doch davon einmal abgesehen — in diesem Wald ist zur Zeit eine unnatürliche Kraft am Werk, das spür ich in den Knochen.«

»Laß dir keine grauen Haare wachsen, Potsy«, sagte Christa, der das nervöse alte Beuteltier leid tat. »In diesem Wald gibt es nichts, was uns etwas anhaben könnte, das weißt du doch. Ich bin sicher, wenn das Wetter ein bißchen verrückt spielt, dann hat das einen guten Grund. Von Froschgequake laß ich mir noch lange keine Angst einjagen.«

»Sei trotzdem vorsichtig«, mahnte er und nickte mit seinem vergrämten kleinen Kopf.

»Und du paß auf dich auf«, entgegnete Christa. »Ich wünschte, du würdest zum Alten Baumriesen zurückkommen, wo ich für dich sorgen könnte.«

»Ich kann schon für mich selber sorgen«, schnüffelte Potsy. »Aber danke für dein freundliches Angebot.«

Während Christa davonschwirrte, dachte sie darüber nach, was das alte Beuteltier erzählt hatte. »Wetterzauber«, grummelte sie und erschreckte einen Schmetterling, der im hellsten Orange leuchtete. »Was, wenn wirklich jemand am Wetter herumfingert? Glaubst du, daß das möglich ist?«

Der Schmetterling gab keine Antwort.

»Mach dir keine Sorgen, ich frag Magi, die wird's schon wissen«, sagte Christa zu dem Schmetterling.

Doch der Schmetterling würdigte sie immer noch keiner Antwort. Ihn drückte auf dieser Welt keine Sorge. An diesem sonnendurchfluteten, friedlichen Vormittag konnte nichts sein Glück auch nur im geringsten trüben.

Ein Potoroo hoppelte langsam aus seinem Bau; es sah einer Maus ziemlich ähnlich, bis auf die Nase, die viel länger war.

2

Magi

Christa flitzte zum Pythonfelsen zurück. Lange Bündel goldener Sonnenstrahlen malten jetzt schräge Streifen durch den Wald, und Christa merkte, daß sie sich weit von ihrem Zuhause entfernt hatte.

»Es ist später, als ich dachte«, murmelte sie vor sich hin. »Jetzt sitze *ich* im Schlamassel! Ich habe schon wieder die Ballettstunde versäumt. Rose Myrtle wird toben.«

Trotzdem flog sie nicht nach Hause zurück. Statt dessen überquerte sie beim Pythonfelsen den Bach, hielt sich am Fossilienbogen nach links und steuerte auf den nebelverhangenen Südbuchenwald zu.

Christa liebte diesen Winkel des Regenwaldes besonders, weil sie wußte, daß der Boden durchtränkt war von uralten Geheimnissen. Wie Magi waren die Bäume, die hier wuchsen, sehr alt. An den meisten wucherten weiche Flechten, die von den Ästen wie lange Finger herabhingen und im trüben Licht einen gespenstischen grünlichen Schimmer von sich gaben.

Nachdem sie eine Weile geflogen war, erreichte sie die älteste Buchengruppe. Davor schliefen zwei riesige Kasuare: Ock und Rock, Magis Leibwächter. Als sie Christa hörten, streckten sie ihre langen

Hälse unter den Flügeln hervor und blinzelten sie mit verschwommenen Augen an.

»Wer da? Freund oder Feind? Raus mit der Antwort, oder raus mit dir!« brummte Rock.

»Nennen Sie Ihren Namen, Christa«, polterte Ock und blies sich vor Wichtigkeit auf.

»Und die Losung«, setzte Rock hinzu. »Bitte, Chris! Wir haben so selten die Gelegenheit, die Losung einzufordern.«

»In Ordnung — *isginitz*.« Christa platzte mit dem ersten Wort heraus, das ihr in den Sinn kam.

»Ist das die Losung?« fragte Rock.

»Klingt gut, finde ich«, nickte Ock und kratzte sich den Knochen auf seinem Kopf.

»Bis später dann«, rief Christa.

»*Bis später dann*. Könnte das die Losung sein?« fragte Ock.

»Tschüs«, sagte Christa.

»*Tschüs* — das isses!« rief er.

»Du rammdösiger Knochenkopp«, stöhnte Rock, »*tschüs* ist doch nicht die Losung!«

»Nenn mich nicht Knochenkopp, du dicker, fetter, unbrauchbarer Federkloß!« krächzte Ock.

Während sich die beiden Vögel kabbelten, schlüpfte Christa an ihnen vorbei und schritt über einen Teppich aus goldenen Blättern, der zum inneren Baumkreis führte. Durch bogenförmige Öffnungen, die mit glitzernden, taubesetzten Spinnweben und zarten Schmetterlingsflügeln verhangen waren, drang Licht in einem Kaleidoskop sanfter Farben hervor.

Der Eingang zu Magis Haus lag hinter einer Staude zarter Baumorchideen. Christa zog an einer abgegriffenen Ranke, die neben der bemoosten Tür hing. Während sie wartete, daß die Tür geöffnet wurde, strich sie ihr zerknittertes Trikot glatt und fuhr sich mit den Fingern durch ihre dunklen, wirren Haare. Sie hoffte, daß Magi nicht gerade schlief — das wußte man nie so genau. Die alte Elfe lebte nach einer anderen inneren Uhr als alle anderen: Sie richtete sich nach den Mondphasen. Christa überlegte, ob das wohl der Grund war, warum die Elfen- und Feenwesen FernGullys sie für verrückt hielten.

Die Tür öffnete sich, und Christa spähte hinein. In einer Ecke der dunklen Höhle saß Magi auf einem grobgeschnitzten Hocker vor einer Bank, auf der alles mögliche verstreut lag. Sie trug mehrere lange Blütenblätter-Röcke übereinander, die ihre Füße verdeckten.

Eine Glühwürmchen-Laterne warf schwaches, flackerndes Licht über eine auseinandergebreitete Pergamentrolle. Christa sah, daß Magi in einen winzigen, rautenförmigen Kristall starrte.

»Hallo, Flatterflügelchen«, sagte Magi, ohne die Augen von dem Kristall zu wenden. »Du bist früher hier, als ich erwartet habe. Komm näher, ich möchte, daß du in diesen Kristall hineinschaust und mir sagst, was du siehst.«

Christa huschte hastig zu Magi hinüber, doch als sie in den Kristall blickte, sah sie überhaupt nichts — nur eine trübe Suppe.

»Genau das beunruhigt mich«, seufzte die alte Elfe und wühlte in ihren Rocktaschen. Sie zog einen Spinnwebenstrang heraus, zwirbelte ihn zwischen ihren dünnen Fingern zusammen und band sich damit ihren wilden Haarschopf zurück, damit er ihr nicht mehr in die Augen fiel.

»Ich habe Tag und Nacht hier gesessen und mir den Kopf zerbrochen, was das zu bedeuten hat«, sagte sie. »Zum ersten Mal im Leben ist mir die Zukunft unklar.«

»Magi, die Frösche glauben, daß Hexxor in diesen Wald zurückgekehrt ist und am Wetter herumpfuscht«, flüsterte Christa. »Könnte das stimmen?«

»Hexxor?« stieß Magi hervor. Sie drehte sich so rasch zu Christa um, daß sie dabei einen Korb mit grünen Flußsteinen umwarf. »Und was weißt denn du Naseweis überhaupt von Hexxor?«

Christa runzelte die Stirn. »Nicht viel. Nur, woran ich mich aus den Feenmärchen erinnere, und was der alte Potsy mir erzählt hat.«

Magi blickte Christa nachdenklich an. »Manche Dinge vergißt man lieber«, murmelte sie, schwebte von der Bank weg und ließ sich in einen weichen Federsessel fallen. Christa folgte ihr und setzte sich auf einen niedrigen Pilzschemel zu ihren Füßen.

Als Magi endlich zu sprechen anfing, hatte ihre Stimme einen anderen Klang, als ob sie weit in die Vergangenheit, zu einem längst vergessenen Ort gewandert wäre.

»Christa, erinnerst du dich, daß ich dir einmal gesagt habe, in uns allen gäbe es eine schöpferische und eine zerstörerische Kraft? Nun, die Geschichte von Hexxor ist eine Geschichte über ein Werk der Zerstörung.«

Die alte Elfe schloß die Lider und schwieg eine Weile. Als sie weitersprach, klang sie müde, als ob ihr die Erinnerung an Hexxor schwer auf der Seele lastete.

»Christa, Hexxor war der Geist der Vernichtung. Man könnte sogar sagen, er wurde geboren, um zu zerstören. Seine Rolle im fortwährenden Kreislauf des Lebens bestand darin, das Alte zu beseitigen, um Platz für das Neue zu schaffen. Doch als Hexxor heranwuchs, erkannte er, welch unglaubliche Macht er besaß. Und er wußte, daß er diese Macht dazu benutzen könnte, um *allem* Leben ein Ende zu setzen — wenn er es nur wollte.

Und so säte er Angst in einer Welt, die keine Angst gekannt hatte. Von diesem Tag an verwandelte sich Hexxor in das gefährlichste und gemeinste Ungeheuer, das es jemals auf der Welt gegeben hat. Er trieb Wetterzauber und braute unnatürliche Stürme zusammen. Er konnte seine Form und Größe ändern und eine beliebige Gestalt annehmen, so daß es fast unmöglich war, ihn zu erkennen. Er begann, das Leben genauso schnell zu zerstören, wie es entstand, und brachte die Natur aus dem Gleichgewicht. Jemand mußte ihn aufhalten, bevor er uns alle vernichtete.«

»O Magi, hast *du* ihn aufgehalten?« fragte Christa mit großen Augen. »Hast du die Alten Zauberkräfte gegen ihn eingesetzt?«

Magi nickte. »Damals war ich jung. Zwischen Hexxor und mir fand ein fürchterlicher Kampf statt. Der Wald wurde auseinandergerissen. Zu viele haben dabei ihr Leben verloren.«

Ihre halb geschlossenen Augen glänzten vor Tränen, und ihre Stimme konnte nur noch flüstern. »Ja, und am Ende *habe* ich Hexxor besiegt. Christa, die Liebe, die ich für diesen Wald empfinde, gab mir eine Macht, von der Hexxor nichts wußte. Und nichts, was er mir entgegenschleuderte, konnte diese Macht schwächen. Je stärker ich wurde, desto schwächer wurde er, bis er nur noch ein dunkler, schmächtiger Schatten war. Schließlich habe ich ihn in den Wurzeln eines riesigen alten Baums am Fuß des Bergs der Warnung eingesperrt. Der Berg und die Bäume haben ihn seitdem Tag und Nacht bewacht.«

Christa starrte Magi an. »Könnte er irgendwann einmal ausbrechen?« flüsterte sie ängstlich.

»Nein! Es gibt keine Kraft in der Natur, die Hexxor befreien könnte«, antwortete Magi überzeugt. »Nein, was mich jetzt bedrückt, ist etwas anderes.«

Magi rappelte sich aus dem Sessel hoch und schwebte nach draußen. Christa folgte ihr dicht auf den Fersen.

»Christa, ich glaube, die Zeit ist gekommen, mit dem Unterricht anzufangen, den ich dir versprochen habe. Wir müssen versuchen, deine Neugier in Wissen zu verwandeln!«

In Magis Schlepptau beobachtete Christa, wie der Wald in Magis Nähe auflebte. Blüten öffneten sich, als sie vorbeiglitt, und Schmetterlinge umflatterten sie. Vögel begannen zu singen, und sogar das Moos wurde grüner, wenn sie vorüberschwebte. Christa wünschte, auch sie könnte so in der Luft schweben, ohne mit den Flügeln zu schlagen.

Magi las ihre Gedanken und kicherte. »Beim Zaubern geht es um mehr als darum, schweben zu können«, sagte sie. Im nächsten Moment schüttelte sie die Schwerkraft ganz von sich ab und flog senkrecht nach oben.

»Auch du weißt, wie man das macht, du hast es nur vergessen«, sagte sie zu Christa. »In vergangenen Zeiten gab es keine Elfe, die nicht sämtliche Zauberkünste mit links beherrscht hätte. Die Schwierigkeiten kommen erst, wenn das Leben zu einfach wird. Dann wird die Magie nicht mehr so dringend gebraucht und gerät allmählich in Vergessenheit.«

Doch Christa konnte sich noch so sehr abmühen, sie schaffte es einfach nicht, ohne Flügelschlagen in der Luft zu schweben. In der Tat gelang ihr das meiste nicht, wozu Magi sie aufforderte. Sie konnte sich nicht unsichtbar machen und war auch nicht imstande, den einfachsten Verwandlungszauber auszuführen.

Schließlich zeigte ihr Magi die Pflanzen, die sie zum Heilen verwendete, und als die Lektion vorbei war, wurde Christa klar, wie wenig sie überhaupt wußte. Doch Magi tröstete sie, sie solle den Mut nicht verlieren. »Du wirst deinen eigenen Weg finden, wenn du übst«, versicherte sie Christa. »Denk dran, ich kann dir nur wenig beibringen, was du nicht schon weißt. Aber wenn du einmal anfängst, dich um andere zu kümmern, dann werden deine magischen Kräfte wachsen.«

Aufgeregt verließ Christa Magis Haus und wollte schleunigst nach Hause fliegen. Aber sie war noch nicht weit gekommen, als sie sich wirklich in die Nesseln setzte.

3

Wilde Streiche

Christas Gedanken waren so mit Hexxor beschäftigt, daß sie das riesige Spinnennetz nicht bemerkte, das zwischen den Bäumen aufgespannt war, und geradewegs hineinflog.

Erbauerin der Fallstricke war eine große Trichternetzspinne.

»Manchmal sieht man die Dinge vor der eigenen Nase nicht, und das kann ganz schön gefährlich werden«, kicherte die Spinne. »Mmmm — was ist mir denn da ins Netz gegangen: eine Elfe! Ist wohl mein Glückstag heute.«

»Nein, nein!« schrie Christa, die verzweifelt versuchte, sich von den Fäden loszumachen.

»Elfen mag ich besonders gerne«, sagte die Spinne und krabbelte drohend auf sie zu.

»Du rührst mich nicht an!« warnte Christa. »Wag es bloß nicht, mich zu fressen! Ich würde dir sowieso nicht schmecken. Ich bestehe doch fast nur aus Flügeln.«

»Du hast wohl einen Webfehler? Ich liebe Flügel! Lecker und knusprig.«

»Also, wenn du mich nicht freiläßt, werde ich ein bißchen zaubern und dich in einen ... einen Gecko verwandeln!«

»Pah«, sagte die Spinne. »Das einzige, was du

verwandeln kannst, ist deine Lebenseinstellung. Was treibst du hier überhaupt?«

Christa erzählte der Spinne, daß sie nachforschen wollte, ob Hexxor wirklich am Wetter herumpfuschte.

»Vernetzt und zugenäht!« sagte die Spinne; ihre acht Augen quollen ihr fast aus den Höhlen. »Und was wirst du dagegen tun? Ein mageres kleines Ding wie du kann doch nicht viel ausrichten.«

»Ich bin eine Elfe und beherrsche alle möglichen Zauberkünste«, sagte Christa und hoffte, sie klang überzeugend. Doch die Spinne glaubte ihr nicht und forderte Christa auf, ihr zu beweisen, daß sie zaubern könne. Also schloß Christa die Augen, breitete die Arme aus und konzentrierte sich.

Der rote Blitz, der plötzlich vor dem Spinnennetz auftauchte, überraschte Christa fast ebensosehr wie die Spinne.

»Pips!« rief sie, als ein Elfenjunge mit schelmischem Gesicht seine bernsteinfarbenen Flügel ausbreitete und grinsend neben ihr in der Luft schwebte.

»Ich bin dir gefolgt«, sagte er, »und ich muß schon sagen, du bist geflogen wie eine alte Mottenkugel. Wie kannst du nur in die älteste Falle der Welt tappen, du geflügelte Wanze! Du kannst von Glück sagen, daß ich auf dich aufpasse.«

»Ich hätte es schon allein geschafft!«

»Das ist ein Haufen Kolibrimist, und das weißt du auch!« Er lachte und half ihr aus dem Netz.

»Hallo, Pips!« sagte die Spinne. »Schade, daß du ausgerechnet jetzt hier reinplatzen mußtest. Ich habe mich großartig amüsiert.«

»Amüsiert!« empörte sich Christa. »Vielleicht

entspricht das *deiner* Vorstellung von Spaß, aber du warst drauf und dran, mich aufzufressen.«

»Nööö«, stritt die Spinne ab. »Ich fresse nie Elfen. Völlig geschmacklos.«

»Warum hast du mich dann zu Tode erschreckt?«

»Du hast so voreilig deine Schlüsse gezogen, daß ich selber gar nicht viel zu sagen brauchte. Aber laß dir einen guten Rat geben, Christa, und poliere deine Zaubertricks auf. Vielleicht brauchst du sie mal. Womöglich ist das nächste Mal dein kleiner Schatz nicht in der Nähe, um dir aus der Patsche zu helfen.«

»Er ist *nicht* mein kleiner Schatz!« Christa errötete, lachte dann aber und winkte der Spinne zum Abschied zu.

Christa war sehr erleichtert, aus ihrem Gefängnis entronnen zu sein, und flog still zwischen den Bäumen dahin. Pips flog rückwärts neben ihr und spielte auf seiner Flöte. Sie nahmen eine Abkürzung durch den Wald und überquerten den Bach beim Totengehölz. Plötzlich schlug die Stimmung um. In der Luft hing der schwere Geruch verfaulender Blätter. Pips steckte seine Flöte unter den Arm und drehte sich um.

»Jemand verfolgt uns. Ich weiß, daß jemand hinter uns ist«, sagte Christa und blickte über die Schulter, während sie sich einen Weg durch dichte Ranken suchten.

»Nur dein Schatten!«

Sie faßte ihn bei der Hand. »Pips, erinnerst du dich an die alten Urwaldsagen?« fragte sie.

»Du meinst die Geschichten über Kobolde und Trolle und böse Geister? Ach komm, Chris, bist du nicht ein bißchen alt für Feenmärchen?«

»Aber wenn diese Geschichten nun wahr wären?« bohrte sie weiter.

Pips lachte sie einfach aus. »He, krieg nur keinen Knoten in deine Flügel!« spottete er. »Es gibt keine bösen Geister, du Flatterhirn! Das sind doch nur Wahnvorstellungen.«

»Ich meine es ganz ernst, Pips. In diesem Wald ist etwas Unheimliches im Gang, und ich werde der Sache auf den Grund gehen.«

»Und ich glaube, daß du zuviel Froschgequake gehört hast. Man munkelt, du hättest in letzter Zeit so viel bei Magi herumgesessen, daß du nicht mehr ganz richtig im Kopf bist.«

»Tatsächlich? Dann mach mal deine Augen auf!« sagte sie, ließ seine Hand los und verschwand durch das Rankengewirr; zurück blieb nur ihre blauschillernde Spur.

In diesem Moment erdröhnte in der Stille des Waldes ein ohrenbetäubender Lärm: Die Beetle Boys starteten ihre Hirschkäfer durch.

»Diesmal haben wir euch umzingelt«, brüllte Stump, ihr Anführer. »Und wir machen Mulch aus euch!«

»Da müßt ihr uns erst mal kriegen!« rief Pips und stürmte Christa nach.

Das war das Startsignal zu einem Rennen, bei dem keine Regeln galten. Die Beetle Boys glaubten nicht an Regeln, sie glaubten an gar nichts, was außerhalb ihrer lärmenden Käferwelt lag. Sie lebten rasant und flogen rasant — kleine Kobolde, die sich so eng an ihre Käfer angeschlossen hatten, daß sie fast mit ihnen verwachsen zu sein schienen. Niemand wußte, woher sie kamen, doch herrschte ziemlich einhellig die Meinung, sie seien ein schmutziger Haufen Taugenichtse, der in FernGully nicht gern gesehen war.

Vier von ihnen setzten jetzt Christa und Pips nach, die auf die Donnerfälle zuflitzten, so schnell sie konnten. Pips wußte, wie sehr die Beetle Boys das Wasser verabscheuten, und rechnete damit, daß sie ihnen auf keinen Fall den tosenden Wasserfall hinauf folgen würden.

Christa und Pips rasten durch den Wald, schraubten sich in die Höhe und stürzten sich in die Tiefe, schlugen Haken und drehten Spiralen. Die Beetle Boys blieben ihnen dicht auf den Fersen, kurvten durch das Rankengewirr und röhrten dann dicht über dem glasigen Wasser des Bachs dahin, wobei sie mit knapper Not den tief herabhängenden Zweigen auswichen (und eine Schnabeltiermutter mit ihrem Baby, die vergnügt herumplanschten, in Angst und Schrecken versetzten).

Aber so rasant und lautstark die Beetle Boys auch auf ihren heißen Käfern daherdonnerten — angesichts der atemberaubenden Hochgeschwindigkeits-Flugkünste von Christa und Pips hatten sie keine Chance.

Am Fuß des Wasserfalls schoß Christa durch die Gischt senkrecht nach oben, knapp an den aus der Steilklippe vorspringenden Felsen vorbei. Pips flog neben ihr und machte jede Bewegung mit. Dann holten sie noch einmal das letzte aus sich heraus, beschleunigten, was das Zeug hielt, und schossen über den Wasserfall hinaus. Pips bremste ab, doch Christa machte keine Anstalten dazu.

Sie flog weiter. Höher, immer höher.

In einiger Entfernung blieben die Beetle Boys mit einem aufjaulenden Geräusch stehen. Mit weit offenem Mund schauten sie zu, wie Christa dem Blätterdach entgegenraste.

»Christa, halt!« schrie Pips.

»Das würde sie doch nicht tun, oder?« rief Stump.

Entsetzt mußten sie zusehen, wie Christa verschwand. In äußerster Mißachtung der Feengesetze stieß sie einfach durch das Blätterdach.

Doch der Schmetterling gab noch immer keine Antwort. Ihn drückte auf dieser Welt keine Sorge.

4

Über den Wipfeln

Christa war von dem gleißenden Licht über dem Blätterdach geblendet. Doch als sich ihre Augen daran gewöhnt hatten, nahm sie starr vor Staunen den gewaltigen Anblick in sich auf, der sich ihr bot. So viel Himmel hatte sie noch nie gesehen. Er war so blau und schien kein Ende zu nehmen.

Weiße dicke Wolken trieben vor ihr dahin; unter ihr dehnten sich die Baumkronen wie ein weicher grüner Moosteppich bis zum Horizont. In ihren wildesten Träumen hätte sie sich nie vorgestellt, daß die Welt über dem Blätterdach so schön oder so still sein könnte.

Sie saugte die Wärme der Sonne in sich auf, atmete die frische, klare Luft ein und reckte die Flügel. Sie flog über die Baumwipfel, kurvte und wirbelte herum und genoß eine Freiheit, von der sie bisher nur geträumt hatte. Dann wagte sie sich weiter vor, schraubte sich auf ihrem Erkundungsflug immer höher hinauf, ließ sich in freiem Fall wieder nach unten gleiten und ritt auf dem Wind.

Von dort oben bemerkte sie in weiter Ferne einen hoch aufragenden Felsen. Eine dünne schwarze, sich kräuselnde Wolke stieg von einer Seite des Felsens auf. Christa hatte nie einen Felsen gesehen, der größer als ein Baum war, oder eine Wolke, die vom Boden hochstieg.

»Was für ein seltsamer Nebel«, dachte sie. Doch bevor sie weiterdenken konnte, verdunkelte sich der Himmel um sie herum.

Sie blickte hoch und war vor Entsetzen wie versteinert. Ein riesiger Wanderfalke stürzte sich aus dem klaren, blauen Himmel auf sie herab und streckte seine glänzenden, todbringenden Krallen nach ihr aus. Sie kreischte auf, als der Falke nach ihr greifen wollte, und tauchte zum Blätterdach hinab.

Ihr Herz schlug schneller als ihre Flügel, sie flog wie der Wind und verschwand in den Bäumen. Doch der Falke wollte sie nicht verloren geben. Äste splitterten krachend, als er ihr in den Wald folgte; er war so dicht hinter ihr, daß sie seinen Atem auf ihren Flügeln spürte.

»Engel von Sol, beschützt mich!« schrie sie und wich einem Hagel abgebrochener Äste und fallender Blätter aus. Verzweifelt blickte sie sich um — und erkannte eine Chance, dem Falken zu entkommen. In dem Gewirr stacheliger Ranken, das vor ihr herabhing, war ein winziger Durchschlupf. Sie legte die Flügel ganz eng an, preßte die Hände vors Gesicht und tauchte durch die Öffnung.

Als sie auf der anderen Seite herausschoß, wußte sie, daß sie in Sicherheit war. Der Falke war ihr nachgejagt, doch seine Flügel verfingen sich in den dichten Ranken. Er kreischte zornig und schlug um sich, bis er wieder frei war, dann flog er zurück in den offenen Luftraum.

Christa blickte sich nicht um, verlangsamte auch nicht ihren Flug. Mit hämmerndem Herzen raste sie durch den Wald. In ihrer blinden Flucht vor dem Falken übersah sie Pips und flog ihn direkt über den Haufen, so daß sie beide kopfüber, kopfunter mit verknäulten, flirrenden Flügeln weiterwirbelten.

»Huch!« schrien alle beide, während sie durch die Luft trudelten.

»Was hast du denn vor? Willst du mich umbringen?« brüllte Pips. Christa drängte sich ganz dicht an ihn in seine Arme.

»Das war hautnah — ich bin ganz fertig«, schluchzte sie und klammerte sich an ihn.

»Durch deine Schuld hätten wir alle umkommen können!« polterte Stump und brachte seinen aufheulenden Käfer auf Touren.

»Genau! Wir wären beinahe Falkenfutter geworden«, plärrte Knot.

»Na, was hast du denn da droben gesehen, Chris?« fragte Pips.

Doch Christa gab keine Antwort. Sie flog aus seinen Armen heraus und verschwand hinter den Bäumen, in Richtung Südbuchenwald. Sie mußte Magi unbedingt erzählen, was sie gesehen hatte.

Sie fand Magi in ihrem luftigen Höhengarten schweben, wo sie ihre seltenen Schößlinge umsorgte. Doch als Christa versuchte, zu beschreiben, was sie über dem Blätterdach gesehen hatte, fiel es ihr schwer, die richtigen Worte zu finden.

Magi seufzte. »Der Felsen, den du gesehen hast, ist der Berg der Warnung, und die Wolke, die du beschreibst, war wahrscheinlich Rauch.«

Christa hatte noch nie etwas von Rauch gehört, und Magis Erklärung, daß Rauch die Wolke von Feuer sei, verwirrte sie nur noch mehr. »Aber was ist denn Feuer?« wollte sie wissen.

Magi erzählte ihr, daß Feuer etwas war, das im Regenwald nie vorkam, weil es dort zu feucht sei.

Die Elfe Christa ist ziemlich neugierig, doch daß diese Eigenschaft manchmal durchaus von Vorteil sein kann, stellt sich ja bald heraus.

Wenn es jemanden gibt, der immer fröhlich ist und der seiner Flöte die schönsten Töne entlockt, dann ist das ohne Zweifel Pips.

»Ist denn nicht die ganze Welt feucht?« fragte Christa.

»Es gibt viele Dinge in unserer Welt, über die du noch nichts weißt, Christa. Aber du brauchst nicht über das Blätterdach hinauszufliegen, um etwas darüber zu lernen«, erwiderte Magi und wühlte ihre Rocktaschen durch. Dann streckte sie Christa einen winzigen Samen hin und erklärte, daß manche dieser Dinge weit weg seien, manche jedoch im Grunde ihres Herzens ... und andere direkt vor ihrer Nase.

Zu Christas Verblüffung schwebte der Samen aus Magis Hand auf sie zu. Mit weit aufgerissenen Augen sah sie ihn mitten in der Luft hängen.

»Das ist unglaublich!«

»Es gibt Welten in dieser Welt, Christa«, sagte Magi, als ein Blatt und mehrere winzige Kieselsteine ebenfalls die Schwerkraft überwanden und zu dem Samen in die Luft hochschwebten. Vor Christas Augen drehte sich eine Miniaturausgabe des Sonnensystems.

»Alles, was du über dem Blätterdach gesehen hast, ist ein Teil unserer Welt, so seltsam es dir auch vorgekommen sein mag«, sagte Magi.

Christa sah fasziniert zu, wie der Samen größer wurde und sich verfärbte, bis er so blau wie der Himmel war, mit flauschigen weißen Wolken getüpfelt. Magis Worte waren kristallklar, klangen aber wie aus weiter Ferne. Christa wußte, daß Magi ihr eine magische Dimension öffnete — ein winziger Samen zeigte ihr eine größere Welt, die mit Bergen, Flüssen und lebensstrotzenden grünen Wäldern übersät war.

»Das ist so schön!«

»Denk daran, Christa, alles Geschaffene ist miteinander verbunden«, fuhr Magi fort. »Das ist der Zauber des Lebens. Vom Sonnensystem bis zu unserem Planeten, unserem Wald und jedem winzigen Samen steht alles mit jedem in Verbindung. Vergiß nie, wir sind alle ein Teil des magisch verwobenen Kreislaufs des Lebens.«

Magi hörte auf zu reden, und die traumhafte Vision ging zu Ende.

Benommen von dem, was sie gerade erlebt hatte, streckte Christa ihre Hand aus und nahm den Samen aus der Luft. Sofort fielen die Kieselsteine und das Blatt auf den Boden zurück.

Magi kicherte über Christas enttäuschten Blick und erzählte ihr dann, daß die ganze Vielfalt des Lebens von einem empfindlichen Kräftegleichgewicht zusammengehalten werde. Magi nahm den Samen und legte ihn auf einen gespaltenen, abgestorbenen Baumstumpf, wo er sofort zu wachsen begann.

Christa beobachtete aufgeregt, wie sich die Pflanze wie durch ein Wunder in die Höhe rankte, doch als Magi Christa bat, der Pflanze wachsen zu helfen, welkte sie sofort, als Christa sie berührte, dahin. Christa war verzweifelt und wollte unbedingt wissen, was sie falsch gemacht hatte.

»Du hast *zu sehr* versucht«, sagte Magi und belebte die Pflanze von neuem. »Jeder hat Zugang zur Kraft der Natur. Sie ist in uns allen. Doch du mußt erst deinen eigenen Weg finden, sie zu nutzen. Denk dran, es ist eine sanfte Kraft.«

Magi reichte Christa einen zweiten Samen. Sie trug ihr auf, ihn an einem sicheren Platz im Wald zu pflanzen und für ihn zu sorgen. Christa verstaute den Samen sorgfältig in ihrem Spinnweb-Beutel und versprach Magi, wiederzukommen und zu berichten, wie sich der Samen entwickelte.

Doch sobald Christa fort war, ließ Magi es zu, daß sich ihr Gesicht sorgenvoll verdüsterte. Vögel flogen herab, um sie zu trösten, und ein Zweig des frisch gewachsenen Feigenbaums beugte sich zu ihr herab und hob sie hoch hinauf in den Wald. Einer nach dem anderen wichen die Bäume auseinander, bis zwischen ihnen ein langer Tunnel mit Blätterwänden entstanden war.

Am Ende dieses Tunnels ragte der Berg der Warnung auf. Eine dicke, dunkle Rauchsäule stieg vom Fuß des Berges hoch.

Magi wurde von einer schrecklichen Vorahnung erfüllt. Sie wußte nur zu gut, was dieser dunkle Rauch zu bedeuten hatte.

5

Christa in Schwierigkeiten

Christa flog langsam nach Hause; sie entschied sich für den Weg übers Verschlafene Tal. Beim Felsen, den sie Steingesicht nannte, machte sie halt. Sie brauchte Zeit, um über alles, was Magi ihr erzählt hatte, nachzudenken. Und immer, wenn sie allein sein wollte, ging sie zu diesem Plätzchen im Wald. Sie fand Trost in dem uralten, moosüberzogenen Felsen mit dem klugen Greisengesicht, das sich im Stein abzeichnete.

»Es ist nicht einfach, wenn man anders ist, was?« fragte sie ihren stummen Freund. »Glaubst du, daß es richtig ist, wenn ich so neugierig bin, oder sollte ich mich lieber damit zufriedengeben, die Dinge so zu nehmen, wie sie sind, wie du es tust?«

Dann erinnerte sie sich an den winzigen Samen, den Magi ihr gegeben hatte, grub in ihrem Beutel und holte ihn heraus.

»Schau, ich habe dir etwas Besonderes mitgebracht, wie ich's dir versprochen habe! Das ist eine Araukarie, oder wird jedenfalls eine sein, wenn's wächst«, erklärte sie und hub im Boden neben Steingesicht ein Loch aus.

»Sie soll Kleiner Quirl heißen, und wir wollen gemeinsam für sie sorgen«, sagte sie. »Ich kann den Dingen noch nicht helfen, so schnell zu wachsen, wie Magi es kann, aber sie sagt, wenn ich übe, werde ich alles lernen, was sie kann. Vielleicht werde ich sogar einmal hören, was du sagst! Jedenfalls wünsch ich mir, daß Kleiner Quirl zum größten Baum im Verschlafenen Tal heranwächst.«

Nachdem sie den Samen gepflanzt hatte, winkte sie Steingesicht zum Abschied zu und flog weiter nach Hause.

Die Sonne stand schon hoch oben am Himmel, als Christa bei der hoch aufragenden Würgefeige ankam, die überall als Alter Baumriese bekannt war. Ihr fiel auf, daß es hier heute betriebsamer zuging als sonst. Elfenkinder benutzten die glatten vorspringenden Baumwurzeln als Rutschbahn, während andere auf niedrigen Zweigen saßen, abgefallene Blüten zu einer Girlande flochten und dabei sangen. Elfenjungen spielten mit Schmetterlingen Fangen, während ältere abgestorbene Blätter von Pflanzen und Bäumen entfernten.

Zwei Opossumbabys, Poss und Gloss, lagen neben einem jungen Gleitbeutler, den die Elfen Slider nannten, in eine Astgabel gekuschelt. Christa wühlte in ihrem Beutel und holte einen kleinen Stengel mit saftigen Blättern hervor, den sie für die Opossumbabys mitgebracht hatte.

Greeney, eine lange Baumschlange, wartete schon auf sie.

»Chrisssta, du hassst für einen tsssiemlichen Sssturm heute morgen gesssorgt«, zischte sie.

»Alle sagen, dir würden deine Flügel abgenommen werden«, sagte Slider und segelte auf Christa zu. »Aber mach dir nichts draus, wenn das stimmt, kannst du immer bei mir mitfliegen.«

»O Slider, steht es wirklich so schlimm?«

»Honigbeerchen, du sitzt wirklich bis zum Hals

in der Tinte«, krächzte Blackbeak, ein schwarzer Arakakadu, von oben herab. »Ganz FernGully zerreißt sich das Maul über deine Mätzchen von heute vormittag. Aber ich muß schon sagen, ich bin stolz auf dich, höchste Zeit, daß sich in diesem Wald mal einer ein bißchen amüsiert.«

»Danke, Blackbeak«, sagte sie, fächelte sich mit ihren Flügeln Luft zu und setzte sich neben ihn.

Oma Belladonna beugte sich aus ihrem winzigen, von Ranken verhangenen Fenster heraus. »Christa, warst du das heute früh mit den Beetle Boys? Also ich weiß nicht, was heutzutage in diesem Wald vor sich geht«, sagte sie und schüttelte ihre verblichenen alten Flügel. »Niemand hat mehr Respekt vor den alten Traditionen!«

Christa ging auf Omas sattsam bekannte Schimpferei gar nicht ein, sondern fragte Blackbeak, ob er Pips gesehen habe.

»Er ist auf und davon«, antwortete Blackbeak und spähte sie mit seinem gesunden Auge an. »Er sagte, der Ältestenrat sei außer sich. Alle warten drinnen auf dich.« Er schwenkte seinen gebogenen Schnabel in Richtung von Christas Haustür. »Pips hat mir von deinem Ausflug durchs Blätterdach erzählt. Zuckerkrümel, dort hinauf darfst du nicht fliegen. Das ist zu gefährlich.«

»Wenn der Ältestenrat auf mich wartet, dann herrscht ja wirklich dicke Luft. Was soll ich nur tun?«

»Komm ein bißchen zu mir und knabber eine Nuß«, schlug Blackbeak vor.

»Hör endlich auf, dein Essen in mein Nest fallen zu lassen«, krächzte ein grüner Katzenvogel aus seinem Nest unter ihnen.

»Ach, mach doch Rührei aus deinem Gelege«, erwiderte Blackbeak grob.

»Hört ihr beide denn nie auf zu streiten?«

»Queenie wäre ein einsamer alter Vogel, wenn ich nicht hier wäre«, kicherte Blackbeak. »Übrigens hat Pips versprochen, er würde sonst niemandem etwas über deinen Luftsprung durchs Blätterdach verraten.«

»Gott sei Dank!« seufzte Christa und zupfte ihr ramponiertes Trikot zurecht. Sie wünschte, Greeney würde sich bald wieder häuten. Sie brauchte dringend ein neues Trikot, haßte es aber, sich wie die anderen Elfen mit Blütenblättern zu behängen, weil diese sie beim Fliegen zu stark bremsten. Sie zwirbelte ihre Haare zu einem Knoten zusammen und steckte ihn mit einem niedlichen Veilchen, das sie im Wald gepflückt hatte, auf ihrem Hinterkopf fest. Sie hoffte nur, daß sie damit einigermaßen elfenhaft aussah.

Langsam öffnete sie die fahl schimmernde Baumschwamm-Tür im Stamm des Alten Baumriesen. Sie holte tief Luft, als sie laute Stimmen durch die lange Wendeltreppe widerhallen hörte. Ihr Vater, ihr Großvater und zwei Elfengreise namens Jips und Elwood waren mitten in einen heftigen Streit verwickelt.

Als sie am Fuß der Treppe angelangt war, spähte sie vorsichtig durch einen Türbogen und sah, daß sich im Wohnzimmer lauter Elfen dicht an dicht drängten.

In einer Ecke des Raums saßen ihre beiden Schwestern, Lily und Fern, mit ihrer Mutter. Die Ballettlehrerin Rose Myrtle tröstete die weinende Fern.

»Was man mißbraucht, verliert man!« sagte Elwood streng.

»Überlaß das mir, ich werde mit ihr reden. Es wird kein zweites Mal vorkommen«, erwiderte Großvater Ash, der bekümmert auf- und abschritt; seine hängenden Flügel spitzten aus seiner Blätterweste hervor.

»Wir waren schon viel zu oft nachsichtig mit ihr! Ich meine, daß sie ihre Flügel abgeben muß«, fuhr Elwood fort.

Christa hielt diesen Moment für geeignet, um in den Raum zu treten. Alle verstummten und wandten sich zu ihr um.

»Christa, du hast heute vormittag für großen Wirbel gesorgt«, sagte ihr Vater und kam auf sie zu. »Jeder hat sich beklagt. Du warst schon bei Morgengrauen auf den Beinen. Rose Myrtle berichtet mir, du hättest schon wieder eine Tanzstunde geschwänzt. Man hat dich beim Wettfliegen mit einem Lori beobachtet, und was für Blödsinn hast du mit diesen gräßlichen Beetle Boys getrieben?«

»Wir haben uns nur ein bißchen amüsiert«, erwiderte sie ruhig.

»Wir wissen nicht, was wir mit dir tun sollen, Christa«, sagte Jips, der älteste im Ältestenrat der Elfen. »Man sollte dir deine Flügel abnehmen. Aber das will im Grunde keiner. Allerdings mußt du uns versprechen, daß du die Feengesetze beachten und Kapriolen den Vögeln überlassen wirst.« Er blickte sie aus seinen gütigen Augen an. »Niemand zweifelt an deiner Liebe für diesen Wald, aber du bist zu eigensinnig, und deine Neugier wird dich in Schwierigkeiten bringen. Es wird Zeit, daß du mehr Verantwortungsgefühl beweist.«

»Magi sagt ...«, begann sie. Doch Elwood fiel ihr rasch ins Wort.

»Magi ist alt! Sie lebt nach verstaubten Traditionen. Du solltest lieber mehr Zeit damit verbringen, im Wald zu helfen, als Tagträumen über längst vergessene Zaubertricks nachzuhängen.« Er zog an seinem langen weißen Bart. Seine spitzen Ohren zitterten aufgeregt, als er fortfuhr: »Während du da droben herumgetollt bist, ist ein Falke in den Wald geflogen. Jetzt klafft ein Loch im Blätterdach, und wir wissen alle, wie gefährlich das ist.«

Christa fühlte sich ganz kleinlaut, weil sie nur zu gut wußte, daß dies alles ihre Schuld war.

»Nun, was hast du zu deiner Entschuldigung vorzubringen, Christa?« fragte ihr Vater.

»Ich glaube ...«, begann sie nervös. »Ich glaube, daß im Moment unseren Wald etwas viel Gefährlicheres bedroht als ein Loch im Blätterdach.«

Im Raum wurde es totenstill.

»Und was meinst du genau damit?« fragte Elwood schließlich.

Christa holte tief Luft, bevor sie antwortete. »Ich glaube, daß Hexxor zurückgekehrt ist und am Wetter herumdreht.«

»Hexxor!« stießen die Ältesten aus.

»Christa, deine Phantasie geht mit dir durch!« sagte ihr Vater streng. »Hexxor gehört einem anderen Zeitalter an. Er ist eine Legende, die man am besten vergißt. Wenn du es lustig findest, damit zu spaßen ...«

»Papa, ich habe einiges gesehen«, beharrte sie, »sogar die Frösche glauben ...«

»Froschgequake!« brüllte Elwood. »Du glaubst doch wohl nicht an Froschgequake!«

Jetzt redeten alle gleichzeitig durcheinander.

Jips nahm sie beiseite und fragte sie ruhig: »Was hast du denn gesehen, Christa?«

Doch bevor sie antworten konnte, platzte Lily dazwischen.

»Christa, warum mußt du ständig alle vor den Kopf stoßen? Mutter ist krank vor Sorge, daß dir etwas passieren könnte.«

»Lily«, flüsterte Christa und dirigierte ihre Schwester in eine dunkle Ecke unter der Treppe. »Glaubst du an böse Geister?«

Lily war bestürzt über diese Frage. »Was redest du denn da?«

»Geister können das Wetter beeinflussen, Rauch und Feuer machen.«

Lily runzelte die Stirn. »Du redest Unsinn. Was ist los mit dir?«

»Ich weiß nicht«, sagte Christa. »Aber ich weiß, daß sich in diesem Wald etwas Übles zusammenbraut, und ich werde herausfinden, was es ist.«

6

Batty

Die Versammlung des Ältestenrats endete mit Christas Versprechen, sich in Zukunft verantwortungsbewußter zu benehmen. Daraufhin flog sie fort, um Pips zu suchen.

Als sie so durch den Wald kreuzte, seufzte sie vor Erleichterung, daß man ihr nicht die Flügel abgenommen hatte. Sie mochte gar nicht daran denken, wie entsetzlich das Leben im Wald ohne die Freiheit wäre, jederzeit überallhin fliegen zu können. Anmutig flatterte sie um die Bäume und sog genießerisch den scharfen Geruch feuchter Blätter und süßen wilden Ingwers ein.

Sie schaute im Verschlafenen Tal vorbei und war überrascht, daß der winzige Samen, den sie gepflanzt hatte, schon zu einem kräftigen Schößling herangewachsen war. Sie schwebte über der kleinen Pflanze und berührte sie sanft. »Ich hoffe, sie schrumpft davon nicht gleich wieder ein«, sagte sie grinsend zu Steingesicht. Doch zu ihrer Überraschung wuchs der Schößling sofort zu doppelter Größe hoch! Sie konnte es kaum glauben.

»Laß keinen in die Nähe«, bat sie den Felsen. »Hier passiert ein Wunder. Ich werde den größten Baum im ganzen Wald hochpäppeln, wart nur, du wirst schon sehen.«

Natürlich gab Steingesicht keine Antwort, doch

Christa spürte einfach, daß der Felsen genauso aufgeregt war wie sie. Sie sprang in die Luft, schlug einen Rückwärts-Purzelbaum und flog einen Looping. Zum Abschied winkte sie dem Kleinen Quirl und Steingesicht zu und versprach, sobald wie möglich wiederzukommen. Dann setzte sie ihre Suche nach Pips fort.

Sie vermutete, daß er mit seinen Freunden Sandy und Wilkea unten beim Moosufer Musik machte, und sie hatte recht. Aber sie spielten nicht allein. Hunderte von Vögeln hatten sich um sie geschart und sangen und flatterten dazu.

Sandy trommelte einen lauten Rhythmus auf ein paar Pilztrommeln, und der junge Wilkea spielte dazu auf der Flöte. Sie fand, daß Wilkea viel selbstbewußter geworden war, seit er angefangen hatte, mit Pips und Sandy zu spielen. Wilkea war ohne Flügel zur Welt gekommen, doch jetzt, wo er ständig Musik machte, schien ihn seine Behinderung nicht mehr zu stören.

Pips klimperte auf einem langen Saiteninstrument, das wie eine getrocknete Erbsenschote aussah. Ein Trupp Frösche aller Größen und Formen quakte im Takt, und Al, ein Leierschwanz, ahmte sämtliche Laute nach. Der Lärm war so durchdringend, daß Christa sich die Ohren zuhalten mußte.

Als Pips sie über seinem Kopf herbeischweben sah, flog er ihr entgegen. Er spielte immer noch auf seiner Erbsenschote und rief ihr etwas zu, ohne einen Ton auszulassen. »Das war ganz schön verrückt, was du heute früh geliefert hast. Einfach durch das Blätterdach zu fliegen und dann abzuschwirren, ohne zu sagen, warum, fand ich ziemlich fies. Ich glaube, man sollte dir die Flügel stutzen.«

»Ich bin nicht hergekommen, um mit dir zu streiten«, rief sie zurück. »Ich bin gekommen, um dich um Hilfe zu bitten. Aber ich sehe schon, das ist reine Zeitverschwendung.«

Und mit diesen Worten machte sie kehrt und flog davon.

»He, mach mal langsam!« schrie Pips, hängte sich seine Erbsenschote über die Schulter und flog ihr nach. »Ich würde gern wissen, was der Ältestenrat zu sagen hatte.«

»Die haben gesagt, ich solle das Leben ernster nehmen!«

Er lachte. »Das wurde auch Zeit!« sagte er und jagte ihr durch die Bäume nach.

»... und nicht mehr mit so beschränkten Tagedieben herumlungern, wie du einer bist.«

Lachend landete sie auf einem Baumschwamm am Stamm eines großen Stinkbaums, um sich ein wenig auszuruhen. »Danke, daß du ihnen nichts von meinem Ausflug durchs Blätterdach erzählt hast«, sagte sie zu ihm. Dann schaute sie den Baum hinauf und hinunter, um sicherzugehen, daß sie von niemandem belauscht wurden, und erzählte Pips, was sie vorhatte: Sie wollte zum Berg der Warnung fliegen und Pips fragen, ob er sie begleiten wolle.

Pips glaubte, sich verhört zu haben. »Christa, den Berg der Warnung gibt's doch gar nicht. Der kommt doch nur in Feenmärchen vor.«

»Nein, Pips, das stimmt nicht! Der Berg der Warnung liegt am Ende dieses Waldes.«

»Aber unser Wald hat kein Ende« erwiderte er, äußerst empört über ihre Behauptung.

»Ich weiß, das haben sie uns erzählt«, flüsterte

sie. »Aber es stimmt nicht. Pips, ich habe den Berg der Warnung mit eigenen Augen gesehen, und er ist überhaupt nicht weit weg! Bitte sag, daß du mitkommst!«

Doch bevor Pips antworten konnte, hallte ein schriller Entsetzensschrei durch den Wald, und bevor sie wußten, wie ihnen geschah, krachte ein riesiges Flugtier gegen ihren Baum und riß den Baumschwamm, auf dem sie standen, in die Tiefe.

Christa schrie entsetzt auf, als sie in die Luft geschleudert wurde, doch Pips fing sie mitten im Fall auf und zog sie mit sich.

»Wir müssen ihm folgen!« rief er.

»Was war das denn«, fragte sie mit schreckgeweiteten Augen.

»Keine Ahnung, aber wir kriegen's schon raus.«

Sie rasten durch die Bäume, brauchten nur einer Spur abgebrochener Äste zu folgen.

»Dieses Dings fliegt direkt auf den Alten Baumriesen zu«, rief Christa.

»Ich glaube, es ist eine Art Fledermaus!« sagte Pips.

»Sie wird sich umbringen!«

»Und alle anderen im Wald dazu, wenn wir sie nicht aufhalten«, ergänzte er.

Pips flitzte vor Christa her, doch bevor er die übergeschnappte Fledermaus einholen konnte, prallte sie gegen einen anderen Baum, streifte einen zweiten und verschwand dann im hohlen Stamm des Alten Baumriesen. Sämtliche Elfenbewohner schwirrten durch Türen und Öffnungen heraus.

»Eine Bombe hat eingeschlagen!« krächzte Blackbeak. »Alle raus, fliegt um euer Leben!«

»Pips, wir müssen diese Fledermaus retten«, rief

Christa, duckte sich unter den fliehenden Elfen hindurch und flog in die Höhle am Fuß des Baums. Doch darauf, was sich dort drinnen abspielte, war sie völlig unvorbereitet. Es war stockdunkel, und Christa war ernsthaft in Gefahr, von der panischen Fledermaus zerquetscht zu werden.

In ihrer Verzweiflung schloß sie die Augen und sagte laut einen Zauberspruch auf:

Zauberlicht soll helfen:
Gleich siehst du wie die Elfen.

Mit einem Schlag war die dunkle Höhle von einem magisch glühenden Licht erfüllt. Zu Christas Erstaunen beruhigte sich die Fledermaus sofort und wandte sich ihr zu. Sie lächelte schief. »Du bist ja ein komischer kleiner Käfer«, sagte sie noch und fiel dann in Ohnmacht.

»Es hat geklappt!« rief Christa, beugte sich über die Fledermaus und fächelte ihr mit ihren Flügeln Luft zu. »Ich hab's geschafft! Ich hab gezaubert!«

Jetzt drängten sich alle um Christa und die Fledermaus, um zu sehen, was da in ihren friedlichen Regenwald hereingeplatzt war.

»Das ist keine normale Fledermaus«, flüsterte Pips, der seinen Kopf in den hohlen Baumstamm streckte. »Was ist mit diesem armen Tier nur passiert? Von welchem Ort auf dieser Welt ist es nur hergekommen?«

Niemand konnte diese Fragen beantworten. Das Tier war eindeutig die seltsamste Fledermaus, die jemals einer von ihnen gesehen hatte. Gemeinsam gelang es den Elfen, sie an die frische Luft zu schleppen. Sie war in schlimmer Verfassung — zerkratzt, voller Dornen, und sie blutete. Doch das Merkwürdigste an ihr waren die beiden Antennen, die links und rechts aus ihrem kahlen Kopf herausstaken.

Während alle die Fledermaus bestaunten, öffnete sie die Augen und stieß einen Schrei aus. Christa tat ihr Bestes, um sie zu beruhigen, daß ihr nichts passieren würde, doch sie hörte nicht auf zu zittern. Ihre Antennen stießen aneinander, wobei jedesmal bedrohliche Funken hervorsprühten, und die Fledermaus begann so wirr zu brabbeln, daß keiner ein Wort von dem verstand, was sie von sich gab. Sie sagte Dinge wie »Gib den Gamma-Gummi her« und »Reich das Röhrchen rüber«, womit niemand auch nur das geringste anfangen konnte.

»Nun, ist das nicht ein bißchen ungewöhnlich?« murmelte Christas Vater nervös.

»Papa, ich habe der Fledermaus mit meinem Zauberspruch geholfen, daß sie wieder sehen kann. Es hat geklappt, ich hab sie wieder flott gemacht.«

»Na so was!« erwiderte er und starrte auf das Tier, das die Augen verdrehte. »Aber bitte mach sonst niemanden mehr flott!«

Die Fledermaus plapperte weiter zusammenhangloses Zeug. Die Elfen rückten näher.

»Ist schon alles in Ordnung, sie tun dir nichts«, sagte Christa und streichelte die Fledermaus behutsam. Auf diese Berührung hin entspannte sie sich schließlich ein wenig.

»Hast du einen Namen, mein Freund?« fragte Großvater Ash. Die Fledermaus blickte Christa hilfesuchend an, und Christa lächelte ihr aufmunternd zu.

»Alles okay«, sagte sie. »Ich versprech dir, daß dir niemand etwas tun wird.«

Die Antennen stießen gegeneinander. »Batty ist

der Name. Ich bin ein kosmischer Quatschkopf. Ein nachtaktives fliegendes Säugetier der Unterklasse Placentalia. Mitglied der Familie der Flatterer oder Schnatterer. O Schreck, o Graus: eine Fledermaus.«

»Und was sagtest du gleich wieder, woher du kommst, Batty?« fragte Großvater Ash. Doch wieder sprudelte aus Batty nur ein Schwall Unsinn heraus.

»Woher? Wohin? Woher kommen wir denn alle?« faselte er. »Was war zuerst da — das Huhn oder das Ei? Hauen wir sie doch gleich in die Pfanne und machen Rührei draus!« Batty schlug mit den Flügeln und begann, von einem Bein aufs andere zu hopsen und einen verrückten Tanz aufzuführen. Die Elfen wichen zurück und gafften seine Vorstellung in verdutztem Schweigen an. Er begann zu jaulen:

Lauscher auf, ich sing euch was vor:
Ich komm direkt aus dem Labor!
Jetzt flatter ich wieder frei herum,
erzähl mein Leben dem Publikum.
Die haben mir das Hirn verschmort,
im Rückenmark herumgebohrt,
mich an Drähte angeschlossen,
mir Injektionen reingeschossen,
mich flachgeschnallt, zusammengefaltet,
angestöpselt, abgeschaltet,
infiziert und sterilisiert,
hypnotisiert und mumifiziert,
was Menschen eben so interessiert ...

»*Menschen?*« rief Christa. »Hast du *Menschen* gesagt?«

Jetzt redeten alle Elfen durcheinander, so laut sie

konnten. Es schien, als ob sich jeder an irgend etwas erinnern konnte, was in den alten Geschichten über die Menschen erzählt worden war. Das heißt, alle außer Paddy, ein Wallaby-Junges, das immer noch im Beutel seiner Mutter lebte und noch gar nicht viel über das Leben in der Welt wußte.

»Haben Menschen auch einen Schwanz?« fragte es.

»Weiß ich nicht«, antwortete die Mutter fahrig. »Aber ich bin sicher, so lang wie der unsere ist er nicht.«

»Ich weiß, wer die Menschen waren«, rief Oma Belladonna. »Sie waren freundliche Geister, die in der Luft lebten.«

»Nein. Sie haben nicht in der Luft gelebt«, widersprach Rose Myrtle. »Sie haben tief unter der Erde gelebt.«

»Ich habe immer geglaubt, sie hätten im Wasser gelebt«, sagte Lily.

Um dem Tumult ein Ende zu setzen, traten die drei Elfenältesten vor.

»Die Menschen sind ausgestorben!« rief Elwood.

»Seit langem verschwunden«, stimmte Jips zu.

»Auf und davon«, bestätigte Großvater Ash.

Doch was sie sagten, stachelte die Elfen nur an, sich noch hitziger über die Menschen und die Frage, wohin sie wohl verschwunden sein könnten, auszulassen.

Christa war die einzige, die sich nicht an der Debatte beteiligte. Sie saß neben Batty und versuchte, ihn zu beruhigen. Sie sagte ihm, sie würde sich um ihn kümmern, und daß FernGully seine neue Heimat wäre. Sie erinnerte sich, was ihr Magi über heilkräftige Pflanzen beigebracht hatte, und behandelte seine Wunden mit blutstillenden Kräutern, die seine Schmerzen linderten.

»Du bist vielleicht 'ne Wucht«, platzte Batty plötzlich heraus. »Du bist der süßeste kleine Käfer, den ich je gesehen habe.«

Christa kicherte. »Ich bin kein Käfer, sondern eine Elfe! Ich heiße Christa.«

»Elfenkäfer, Elfenkäfer. Christabella, der Elfenkäfer«, summte er vor sich hin und grinste.

»Hast du *wirklich* Menschen gesehen? Waren sie am Berg der Warnung?« fragte Christa. Doch Batty weigerte sich, darüber Auskunft zu geben. Er begann, heftig zu zittern, und sagte nichts mehr außer: »Kurzschluß! Die Funken fliegen! Schalt mal auf 'nen anderen Sender um! Heiliger Frequenzsalat, Elfenkäfer, vergiß die Menschen, und schlag dir den Berg der Warnung aus dem Kopf.«

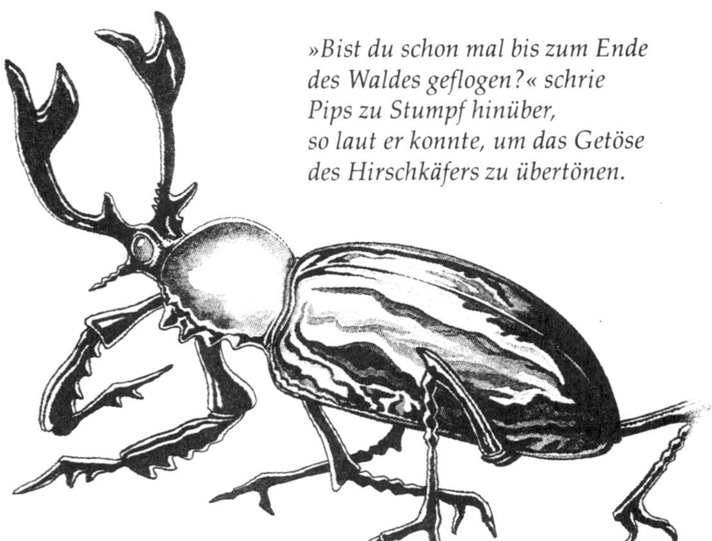

»Bist du schon mal bis zum Ende des Waldes geflogen?« schrie Pips zu Stumpf hinüber, so laut er konnte, um das Getöse des Hirschkäfers zu übertönen.

7

Eine geheime Mission

Christa hatte keineswegs die Absicht, sich den Berg der Warnung aus dem Kopf zu schlagen. Er war das *einzige,* woran sie denken wollte. Wenn man sie aufforderte, ihn zu vergessen, bestärkte sie das nur noch in ihrem Entschluß, der Sache nachzugehen.

In dieser Nacht, als sie in ihre Spinnweb-Hängematte schlüpfte, faßte sie den Entschluß: »Morgen flieg ich hin, und keiner wird mich aufhalten!«

Sie kuschelte sich in ihrer behaglichen Schlafstelle zusammen, gähnte und ließ ihre Blicke durch die Schlafhöhle wandern. Im Lauf der Jahre hatte Großvater Ash die Holzwände poliert und in die Astknoten Gesichter geschnitzt, die beim flackernden Schein der Glühwürmchen-Nachtlichter ihr zublinzelten und sie anlächelten.

Lily und Fern schliefen fest, doch Christa war mit ihren Gedanken bei Batty. Sein armes Hirn war so durcheinander, daß er nicht wußte, wann es Zeit zum Schlafen war. Als sie ihm abends Gute Nacht gewünscht hatte, hing er kopfüber neben Blackbeak, und Christa bat Bark, die Eule, ein Auge auf ihn zu werfen. Slider versprach, sie aufzuwecken, falls irgend etwas passieren sollte, daher war sie einigermaßen beruhigt, daß Batty in der Nacht in Sicherheit wäre.

Als sie einschlummerte, hörte sie den Regen leise gegen die Blätter prasseln.

Verschwommene Bilder trieben an ihr vorüber, ferne Berge, um die Nebel .herumwirbelte, alte, moosbewachsene Bäume und tanzende Fledermäuse. Immer wieder durchzog Magis Stimme diese Träume ... »Es gibt Welten in dieser Welt, Christa«, hörte sie Magi sagen; dabei fiel ihr ein Zauber ein, an den sie sich nicht mehr ganz erinnern konnte.

Sie wachte von Vogelgezwitscher auf. Der Nachtregen hatte den Wald erfrischt, und das Laub schimmerte von glänzenden Regentropfen. Sie zog sich schnell an und holte ihren Spinnweb-Beutel, den sie auf keinen Fall vergessen durfte. Sie hängte ihn an einen Blättergürtel, den sie von Lily auslieh — hoffentlich würde ihn Lily nicht vermissen, wenn sie aufwachte.

Als sie hinausgehen wollte, war der Zweig vor ihrer Tür so bevölkert, daß sie kaum Platz fand. Batty war immer noch hellwach, hing kopfüber vom Ast und genoß es, im Mittelpunkt der Aufmerksamkeit zu stehen. Zwei Königssittiche fütterten ihn mit frischen Feigen, während Blackbeak versuchte, ihm die Nüsse aufzudrängen, die er für ihn knackte. Slider schwatzte ihm etwas vom Drachenfliegen vor, während Greeney sich um den Ast gerollt hatte und Battys Antennen inspizierte.

»Elfenkäfer!« grinste Batty, als er sie erblickte. »Ich platze gleich, die Schwerkraft ist schwer am Ziehen! Hier ist ja ein wahres Schlemmerparadies!«

»Du siehst aus wie eine vollgestopfte Katastrophe! Komm, ich glaube, du solltest mal ausprobieren, ob deine Flügel noch funktionieren. Kannst du nach soviel Futter überhaupt noch fliegen?«

»Aber klar doch!« Er grinste. »Brausen wir los!«

Er ließ sich vom Zweig fallen und folgte ihr gehorsam. Doch er prallte gegen so viele Bäume und Pflanzen, daß Christa allein vom Zuschauen ganz schwindlig wurde.

»Beim fauligen Fangzahn, so ein Spaß! Riesenstark — ich könnt mich kringeln«, schrie er und stieß gegen alles, was in seiner Flugbahn lag.

»Aber Batty, deine Flügel klatschen rum wie abgebrochene Äste. Wenn du so weitermachst, kommen wir nie vom Alten Baumriesen weg«, rief Christa. Doch nach ein paar weiteren Probeanläufen hob er endgültig ab und war auf und davon.

»Schau mich an, ich gleite auf den Infraroten! Den Wolken, der Freiheit entgegen«, quäkte er und flog ihr unbeholfen nach. »He-he-he! Wo fliegen wir überhaupt hin?«

»Zum Berg der Warnung«, rief sie über die Schulter.

Als er diese Worte hörte, rumste Batty sogleich in einen riesigen Sassafrasbaum hinein.

»Ei vertrackt noch mal, Elfenkäfer. Du hast mich echt erschreckt. Einen Moment lang dachte ich, du hättest gesagt, wir fliegen zum Berg der Warnung.«

»Das hab ich auch«, sagte Christa und schälte ihn vom Baum ab.

»Aber am Berg der Warnung sind *Menschen*«, flüsterte er.

»Genau!«

»Heiliger Frequenzsalat! Liegen wir noch auf derselben Wellenlänge, kleine Koboldin? Mach mal 'ne Vollbremsung, schwing dich lieber hinauf zum Blätterdach. *Kapierst du denn nicht?* Der Berg der Warnung ist der letzte Ort auf dieser Welt, wo ein

Elfenkäfer wie du was zu suchen hätte. Warum glaubst du wohl, daß er Berg der *Warnung* heißt? Wenn's dort so schön wäre, würde man ihn *Jetzt-picknicken-wir-mal-fein-Berg* nennen. Schau mich an — ich wurde nicht mit den Dingern geboren, die aus meinem Kopf herausstehen. Das ist nicht das Werk von Mutter Natur. Schütteln wir doch unsere Fittiche ein bißchen aus und unterhalten uns mal darüber.«

Doch Christa antwortete mit großem Ernst: »Du kannst gern hierbleiben, wenn du willst. Aber ich gehe.«

»Hör zu, wir ändern den Flugplan einfach und flattern hier herum«, flehte Batty. »Du hast ein tolles Paar Flügel. Wir könnten 'ne Menge Spaß haben.«

Christa würdigte ihn keiner Antwort, sondern flog einfach weiter. Sie war entschlossen, zum Berg der Warnung zu gelangen. Sie wollte den Hexxor-Baum sehen, sie wollte den Rauch sehen; der Gedanke, daß sie vielleicht sogar einen Menschen sehen würde, bestärkte sie nur in ihrem Entschluß.

Als Batty schließlich klar wurde, daß er sie nicht umstimmen könnte, flatterte er unglücklich neben ihr her.

Die Sonne knallte jetzt senkrecht herunter, und der Wald tropfte und dampfte. Nach einer Weile entspannte sich Batty und rempelte nicht mehr so viele Bäume an, sondern begann den Flug zu genießen.

Christa war schon weiter geflogen als je zuvor; sie wich großen Lianen und dornigen Ranken aus und lotste Batty durch die krummen Äste riesiger Eukalyptusbäume. Sie hörten dem Gekrächze der

Papageien zu, und Batty brachte Christa zum Lachen, als er versuchte, den kurzen, durchdringenden Ruf eines Kookaburra nachzumachen.

Ab und zu flitzte Christa Batty voraus und jagte Schwärme kleiner Rotkehlchen und Honigfresser auseinander. Ihre türkisfarbenen Flügel blitzten hell vor dem dunklen Grün des Waldes. Die Zeit verging schnell, und Mittag war schon längst vorbei, als Batty darauf bestand, Rast zu machen.

»Elfenkäfer, Zeit, sich was zwischen die Zähne zu schieben. Ich bin das Opfer elementarer Erschöpfung. Zeit für 'nen Schluck Saft. Ich bin völlig groggy.«

»In Ordnung«, sagte Christa. »Aber nicht zu lange.«

Sie flog zum Waldboden hinunter und fand ein trockenes, schattiges Plätzchen, wo sie gemütlich sitzen konnten.

»Auf zur Arbeit ... auf zur Arbeit ... auf zur Arbeit«, zirpte eine leise Stimme.

»Hör mal, Batty. Da redet ein lauter Pitta mit uns.«

»Komm, wir bleiben hier. Hier gefällt's mir«, sagte Batty und lehnte sich gegen einen Baumstamm.

»Entschuldigung«, ertönte eine rauhe Stimme hinter dem Baum. »Aber hier am Boden seid ihr nicht in Sicherheit.«

Ein Bartagam streckte seinen Kopf hinter dem Baum hervor und stellte seine spitzen Stacheln auf.

»Ei vertrackt noch mal, ich zitter ab!« kreischte Batty und flatterte in die Luft.

Christa lachte. »Draggs! Was machst du denn hier? Du hast meinen Freund erschreckt.«

»Tut mir leid, Christa, aber du weißt, ich kann

auch nichts dafür, wie ich aussehe. Ich scheine alle in Panik zu versetzen.«

»Warum mußt du so grimmig dreinschauen, wenn du in Wirklichkeit so ein lieber, sanfter Kerl bist?«

»Besser so als andersrum«, antwortete er mit seiner weichen Stimme. »Und jetzt erzähl mir, was du hier treibst — du solltest nicht so weit von zu Hause wegfliegen, Christa.«

»Ich gehe mit meinem Freund zum Berg der Warnung.«

»Keine Ahnung, wo das ist«, gab er zurück und zuckte mit seinem gepanzerten Schwanz. »Aber ich würde nicht weiter gehen als bis hier, da wird's nämlich gefährlich.«

Als Christa ihn fragte, was er denn damit meine, konnte er es nicht wirklich erklären.

»Es liegt was in der Luft«, sagte er. »Es ist doch nicht normal, wenn man die Erde grollen hört. Alle hier sind so verstört, daß sie davonlaufen. Ihr solltet lieber gleich nach FernGully zurückkehren.«

Batty stimmte zu und nickte heftig mit dem Kopf. »Ausgezeichneter Plan, mir gefällt dieser Plan, ich stehe hundertprozentig hinter diesem Plan.«

Doch Christa ließ sich nicht einschüchtern. Sie versicherte dem Agam, daß sie vor Dunkelheit wieder zu Hause wären.

»Paß auf, daß das auch wirklich klappt«, mahnte er noch, als sie davonflogen.

»Dieser Ausflug ist ein Katastrophenunternehmen erster Güte«, brummte Batty unglücklich.

Doch Christa war alles andere als unglücklich; sie sprudelte nur so über vor Aufregung. Sie konnte es kaum erwarten, bis sie den Rand des Waldes erreichten.

8

Der Wald des Schweigens

Bis zum Rand des Waldes dauerte es viel länger, als Christa angenommen hatte. Ein heftiges Gewitter prasselte nieder, und sie suchten hastig nach einem Unterschlupf. Batty dachte, der Wind würde sie in Stücke zerfetzen.

»Das ist vielleicht ein Heuler«, quäkte er von seinem Ast, an dem er kopfüber hing; er hatte sich tief unter seine Flügel vergraben.

»Das ist nur ein Gewitter«, sagte Christa, die vor Kälte zitterte und sich an ihn schmiegte.

»Das Gewitter hat sicher etwas zu bedeuten«, stotterte Batty und spitzte unter seinen Flügeln hervor. »Es versucht, uns dorthin z-z-z-zurückzub-b-b-blasen, von wo wir gekommen sind.«

»Das sind nur die Windteufel, die können uns nichts tun«, beruhigte ihn Christa und wiederholte, was ihr Großvater ihr unzählige Male gesagt hatte. »Der weise Biami läßt die Windteufel frei, damit sie im Wald aufräumen und die Luft frisch machen.«

»Warum müssen sie d-d-d-dann alles p-p-p-plattblasen?«

»Sie tun nur ihre Arbeit«, erklärte sie und hoffte, sie klang zuversichtlicher, als sie sich fühlte. »Großvater sagt, daß das, was wachsen soll, auch wieder wächst.«

»Elfenkäfer, wenn dieser Biami so weise ist, warum läßt er sie dann so herumwüten?« fragte Batty und schlug seine Flügel um Christa zusammen, damit sie vor dem heftigen Regen geschützten war.

»Die heißen wohl nicht ohne Grund Wind*teufel*«, flüsterte sie.

Christa war noch nie bei einem Gewitter alleine draußen gewesen, und obwohl sie es nie zugeben würde, fürchtete sie sich.

Gerade als sie dachten, der Wind würde sie vom Baum herunterfegen, leuchtete ein greller Blitz auf, dem ein lauter Donnerschlag folgte, und urplötzlich war der Sturm vorüber. Auf einen Schlag war alles still, und das einzige Anzeichen, daß hier ein Unwetter getobt hatte, waren die Verwüstungen, die es hinterlassen hatte.

»Ich hasse Gewitter«, schlotterte Batty. »Düsen wir zurück nach FernGully. Hier gefällt's mir nicht.«

»Das halte ich für eine gute Idee«, säuselte eine leise Stimme.

»Wer spricht denn da?« fragte Christa und schaute sich um.

»Ich. Und ich bin hier, vor deiner Nase«, kicherte die Flüsterstimme.

»Dann komm raus, wer du auch bist!«

»Es gefällt dir nicht, wenn du die Dinge nicht durch deine eigene Brille sehen kannst, nicht wahr?« spottete die Stimme. »Merk dir eins: Im Leben gibt es mehr als das, was man sehen kann.«

»Alles, was ich sehen kann, ist ein doofer alter Baum«, grunzte Batty, der seine Flügel trockenschüttelte. »Schwirren wir ab, hier krieg ich eine Gänsehaut.«

»Ihr wart doch recht froh, daß ihr uns gefunden habt, als das Gewitter anfing«, sagte die Stimme.

»O Batty, ich glaube, der Baum spricht zu uns!«
»Ich glüh gleich infrarot! Ich hätte nicht gedacht, daß die das können.«
»Alles Lebendige hat etwas zu sagen, und ich kann dir versichern, daß wir in diesem Wäldchen alle lebendig und bei guter Gesundheit sind«, wisperte ein anderer Baum mit sanfter Stimme.
»Sehr richtig«, flüsterte ein anderer.
»Wir sind die Sprechenden Bäume«, erklärte wieder ein anderer, »und wir heißen nicht von ungefähr so.«
»Ich habe noch nie Bäume wie euch gesehen«, sagte Christa.
»Weil du tief im Inneren des Großen Regenwalds lebst, und wir am Rand«, rauschten sie.
»Ist *das hier* der Rand des Waldes?« fragte Christa aufgeregt.
»Beinahe«, raschelte der erste Baum.
»Noch nicht ganz«, raunte ein anderer.
»Sagen wir, es ist das Ende des Großen Regenwaldes«, antwortete der erste. »Denn jenseits der Grasbaum-Ebene, wo der große Berg steht, beginnt ein neuer Wald.«
»Genau da wollen wir hin. Zum Berg der Warnung.«
»Nein, nein, nein, nein, nein!« quiekte Batty. »Das hier ist das Ende der großen Tour, Elfenkäfer.«
»Seid vorsichtig«, wisperte der erste Baum. »Die offene Ebene ist gefährlich für so kleine Wesen, und vom Wald auf der anderen Seite erzählt man sich merkwürdige Geschichten.«
»Ich paß schon auf. Komm, Batty, wir sind beinahe da.«
»Zeitverschwendung, Elfenkäfer«, entgegnete er

und weigerte sich halsstarrig, den Baum zu verlassen. »Ich find's gemütlich hier. Wir sollten hierbleiben.«

»Tschüs dann«, rief sie und flog davon.

»He, komm zurück!« schrie er, hopste vom Zweig und flatterte ihr nach. »Ei vertrackt noch mal, Elfenkäfer. Ich empfehle dringlichst, Ihre Absichten noch einmal zu überdenken«, quäkte er und folgte ihrer Spur durch die Bäume. »Ich weiß jede Menge über Menschen. Ich könnte dir mehr erzählen, als du wissen willst. Habe ich dir schon meine Tätowierungen gezeigt?«

Aber Christa war viel zu aufgeregt, um sich zu bremsen. Zum ersten Mal gab es kein Blätterdach über ihr. Die Bäume lichteten sich rasch, als es einen Hang hinunterging. Plötzlich flogen Christa und Batty hinaus in blendendes Sonnenlicht.

»Also so was!« rief Christa, als sie auf die riesige offene Grasbaum-Ebene blickte, die sich vor ihr erstreckte. Jenseits der Ebene ragte der dunkle Kegel des Bergs der Warnung auf.

»Heiliger Frequenzsalat!« kreischte Batty und raste zum nächsten Baum zurück.

»Batty, komm zurück. Du brauchst keine Angst zu haben. Es ist nicht gefährlich hier. Nur anders.«

Doch Batty hing schon kopfüber vom Baum; die Flügel hatte er fest um sich geschlagen.

»Was ist denn los?« fragte sie und guckte hinter seine Flügel.

»Ich hab plötzlich Bleiflügel. Meinst du, wir könnten hier anhalten und, sagen wir, ungefähr zehn Jahre Rast machen?« flehte er. »Warum bleibst du nicht hier bei mir?«

»Du brauchst dir wirklich keine Sorgen zu machen. Ich bin gleich wieder da«, sagte sie und verschwand im hellen Sonnenlicht.

Vor ihr lag die Grasbaum-Ebene. »Wenn ich es nur über die Ebene schaffe, ist alles in Ordnung«, sagte Christa zu sich und versuchte, die Entfernung bis zur anderen Seite abzuschätzen. Doch die ganze Welt schien sich rasend schnell zu drehen. Riesige Wolken wälzten sich in einem solchen Tempo über den Himmel, daß sie das Gefühl hatte, rückwärts zu fliegen.

Christa hatte schon früher Grasbäume gesehen, hier und da im Regenwald, aber noch nie so viele auf einmal. Manche waren kurz und stämmig, andere hoch und gerade, doch alle hatten eine Art Rock von Federgras um die rauhen schwarzen Stämme. Oben aus diesen Stämmen wuchs ein einzelner, prächtiger Speer heraus. Christa wußte, daß die Grasbäume uralt waren und Hunderte von Jahren brauchten, bis sie ein kleines Stückchen größer wurden — so hoch wie die Bäume im Wald wurden sie nie. Als Christa hörte, wie ihre Röcke im Wind raschelten, fragte sie sich, ob sie sich wohl miteinander unterhielten.

Über ihr segelten aufgeblähte Wolken über den Himmel. Christa wußte, daß sie außerhalb des schützenden Waldes ihr Leben aufs Spiel setzte. Fröstelnd erinnerte sie sich, wie blitzschnell der Falke aus dem blauen Himmel heraus auf sie herabgestürzt war.

Als sie über die spitzen Speere der uralten Grasbäume flog, konnte sie hören, daß sie ein Lied sangen. Es war ein altes Lied, älter als sie selbst. Christa hatte einmal Magi eine solche Melodie singen hören, und sie hatte wie eine Warnung geklungen.

Je weiter sie über die Ebene hinwegflog, desto lauter wurde das Lied. Dann stürzte ihr ganz unerwartet ein Schwarm von Vögeln entgegen, die von schrecklicher Panik ergriffen waren, so daß Christa um ihre eigene Achse wirbelte.

»Dreh um!« krächzte ein Kakadu mit schwefelgelbem Schopf.

»Flieg um dein Leben!« kreischte ein anderer.

»Was ist denn los?« fragte sie, doch die aufgelösten Vögel nahmen sich nicht die Zeit, ihr zu antworten. Umkehren konnte sie jetzt nicht mehr, dazu war sie schon zu weit gekommen; also flog sie weiter.

Als sie endlich den Wald am Fuß des Bergs der Warnung erreichte, war sie erschöpft. Ihre Flügel schlugen so schnell, daß sie die totenähnliche Stille erst gar nicht bemerkte. Der Berg der Warnung türmte sich über ihr auf; sein Gipfel war in einen dunklen, wallenden Nebel gehüllt.

Sie landete auf dem Zweig eines robusten Spindelbaums und war überrascht, dort niemanden zu finden. Als sie sich nach Anzeichen irgendwelchen Lebens umblickte, fiel ihr auf, daß alle Bäume mit demselben roten X-Zeichen markiert waren. Sie legte ihre Hand mitten in eines der roten Zeichen. Verwirrt stellte sie fest, daß sich der Baum nach überhaupt nichts anfühlte. Sie hatte an einem lebenden Baum noch nie eine solche Kälte gespürt. Als sie ihre Hand zurückzog, sah sie erschrocken, daß sie mit einem klebrigen, blutähnlichen Harz eingekleistert war.

Mit äußerster Vorsicht huschte sie von Baum zu Baum, spähte um jeden Stamm herum und suchte nach Lebenszeichen. Sie folgte einem schlammigen

Bach, der sich durch einen Tunnel lebloser Bäume schlängelte. Nach einer Biegung tauchte vor ihr plötzlich der erste häßliche Baum auf, den sie je in ihrem Leben gesehen hatte. Er hatte gewaltige Ausmaße. Er stand ganz allein in einer Lichtung. Er war schwarz, knorrig und krumm vor Alter. Um ihn herum wuchs kein Halm.

Eine kalte Welle der Angst schwappte eisig in ihr Herz, sie wußte augenblicklich, daß sie den Hexxor-Baum vor sich hatte. Doch als sie davonfliegen wollte, mußte sie feststellen, daß sie sich nicht vom Fleck rühren konnte. Wie die Bäume im Wald spürte sie eine eisige Kälte in sich. Sie hatte das Gefühl, ihre Lebenskraft würde aus ihr herausgesaugt.

Die Zauberin Magi verkörpert Weisheit und Güte. Doch reicht das aus, um gegen den bösen Hexxor eine Chance zu haben?

Zak ist wirklich ein sympathischer Junge; er legt sich mächtig ins Zeug für seine Freunde, nachdem er feststellen mußte, daß auch eine kleine Notlüge recht üble Folgen haben kann.

9

Der Riesenelf

Die Zeit schien stillzustehen; so sehr sich Christa auch abmühte, es gelang ihr nicht, vom Hexxor-Baum wegzufliegen oder den Bann zu brechen, der sie dort gefangenhielt.

Dann hörte sie die Stimme. Sie kam irgendwo tief aus dem Inneren des Baums, und obwohl sie gedämpft war, konnte Christa sie ganz deutlich hören. Beim Klang dieser Stimme rollten sich ihre Flügel zusammen.

»Fällt der Wald«, knurrte sie, »dann bin ich frei, räche mich, schlag alles entzwei!«

Die Erde grollte, und den Baum durchlief ein heftiges Beben. Genauso plötzlich wurde es im Wald wieder totenstill. Christa flatterte mit den Flügeln und schoß vorwärts, mit einem Schlag wieder frei vom Bann. Ihr Herz hämmerte wie wild; sie blickte sich um, doch kein Blatt regte sich. Nicht die kleinste Welle kräuselte den Wasserspiegel des Bachs. Alles war so schnell geschehen, daß Christa sich fragte, ob sie sich das Ganze nicht nur eingebildet hatte.

Gerade als sie den Rückflug antreten wollte, marschierte der größte Elfenmann, den sie je gesehen hatte, aus dem Wald heraus auf sie zu. Es war ein Riese, der mit schweren Füßen daherstampfte. Seine Kleidung unterschied sich von allem, was Christa jemals gesehen hatte: Sie schien nicht aus Blüten oder Blättern oder Spinnweben gemacht zu sein. Die riesigen Füße steckten in Behältern, und sie konnte sich nicht vorstellen, wie sie aussahen. Die Arme und Hände waren nackt, und seine blonden Haare schauten unter einer glänzenden Kappe hervor, die einer Nußschale ähnelte.

Aus seinen Ohren schien Musik herauszufließen, und er summte vor sich hin. An einem breiten Gürtel um seinen Bauch hing etwas, das wie ein gelber Beutel aussah. Christa fiel auf, daß dieser Riese keine Flügel hatte, wie Wilkea. Doch von seiner Größe einmal abgesehen, sah er nicht gefährlich aus, fand sie. Eigentlich sah er sogar sehr glücklich aus. Sie rief ihm ein »Hallo!« zu, doch er hörte sie nicht, und als er an ihr vorbeimarschierte, merkte sie, daß er sie auch nicht gesehen hatte.

Der Riese ging zum Hexxor-Baum. Er blieb stehen und untersuchte die lose schwarze Rinde. Christa sah, wie ein erschrockener kleiner Käfer hastig über die Rinde krabbelte, und beobachtete, wie der Riese seine Hand hob und den Käfer mit einer hellroten Flüssigkeit bespritzte. Der Käfer, der sich so überstürzt in Sicherheit bringen wollte, wurde ganz rot. Dann geschah etwas sehr Ungewöhnliches: Wo die rote Flüssigkeit auf den Baum auftraf, begann sie zu zischen, zu blubbern und zu brodeln.

Dem Riesen stockte vor Überraschung der Atem; er machte einen Schritt rückwärts auf einen bemoosten Felsen, verlor das Gleichgewicht und landete im Bach. Christa mußte über ihn lachen, wie er im Wasser herumzappelte wie ein langnasiger Wombat, bis sie merkte, daß er versuchte, seinen gelben

Beutel zu retten, der sich von seinem Gürtel gelöst hatte und davontrieb.

Christa war nicht in der Lage, ihm zu helfen; sie umkreiste seinen Kopf und entdeckte, daß er sie bemerkte, als sie vor seinem Gesicht herumflog. Er blinzelte und versuchte, nach ihr zu greifen. Er verfehlte sie um ein solches Stück, daß sie nur auflachen konnte. Sie lachte darüber, wie seine Augen schielten, wenn er versuchte, sie zu schnappen. Nicht die geringste Angst hatte sie vor ihm, weil sie wußte, daß sie blitzschnell aus seiner Reichweite flitzen konnte.

Sie war so in dieses Spiel vertieft, daß sie das näher kommende Gebrumm erst hörte, als es zu einem lauten Dröhnen geworden war. Wie festgenagelt blieb sie in der Luft stehen, schaute über die Schulter und sah, wie etwas, das wie ein riesiges Ungeheuer aussah, gegen die Bäume losstürmte.

»Oh!« schrie sie, als alles um sie schwarz wurde.

Sie hatte das Gefühl, gleich ersticken zu müssen — der Riese hatte sie zwischen seinen Händen gefangen! Das Dunkel erhellte sich, als der Riese seine Hände öffnete, und sie sah, wie der Hexxor-Baum hinter ihm schwankte.

»Paß auf!« schrie sie, als der knorrige Baum in ihre Richtung kippte. Doch der Riese sah nicht, was vor sich ging, und er hörte sie auch nicht.

Da gab es nur noch eins, was sie tun konnte. Sie schloß die Augen, streckte ihre Augen aus und rief verzweifelt:

Zauberlicht soll helfen:
Gleich bist du wie die Elfen.
Nein! Gleich SIEHST DU. SIEHST DU du wie die Elfen!

Aus ihren Händen schoß ein gleißend heller Energieblitz, und gleich darauf wurde sie zwischen einem Schauer von Blättern durch die Luft geschleudert. Der umstürzende Baum krachte um sie herum zu Boden. Als sie die Augen öffnete, sah sie zu ihrem Erstaunen den Riesen bewußtlos neben ihr auf dem Boden ausgestreckt liegen. Nur war er jetzt genauso klein wie sie!

»O nein! Ich habe ihn zum Einschrumpfen gebracht!« Sie schnappte nach Luft.

Der Baum wurde weiter durchgerüttelt, und ein anderes, markdurchdringendes Dröhnen erfüllte die Luft. Christa und der geschrumpfte Riese waren in den Ästen verfangen; sie wurden mitsamt dem Baum zu dem brüllenden Monster hingeschleift. Ein Gefühl der Hilflosigkeit überwältigte Christa; sie versuchte verzweifelt, das Wesen neben ihr wiederzubeleben. Aber es regte sich nicht.

Das Gedröhn wurde ohrenbetäubend, und Christa wußte, daß das Ungeheuer sie jetzt jeden Moment auffressen würde. Da wurden sie von einem dunklen Schatten gepackt und hochgehoben.

»Ohhhhh!« kreischte Christa.

»Geh nicht, habe ich gesagt. Keine gute Idee, habe ich gesagt. Aber wolltest du auf mich hören? Nein, nein und wieder nein.«

»Batty!« rief Christa, die ihren Ohren kaum traute.

»Bei meinem eitrigen Hühnerauge! Elfenkäfer, du darfst *nie* mehr wieder aus FernGully herausfliegen!« Als sie so über die Grasbaum-Ebene zurückflogen, war Battys verrücktes Gequatsche in Christas Ohren das Wunderbarste, was sie je gehört hatte.

Sobald sie die Ebene hinter sich hatten, verlangsamte Batty seinen Flug und warf zum ersten Mal einen genaueren Blick auf den bewußtlosen Schrumpfriesen.

»Das ist ja ein *Mensch!* Ein *Mensch!*« kreischte er und prallte gegen einen Baum, so daß Christa und der Mensch in die Zweige geschleudert wurden.

»Ja, Wahnsinn! Ein Mensch!« flüsterte Christa. Sie untersuchte den schlaffen, fast leblosen Körper neben ihr. Er atmete, reagierte aber nicht auf ihre Berührung, nicht einmal, als sie sich über ihn beugte und ihm die blonden Haare aus den Augen strich. Sie bemerkte einen schmalen, glänzenden Gegenstand, der in seinem Gürtel steckte; er sah aus wie ein silbriges Blatt. Sie zog ihn heraus und betrachtete ihn genauer.

In diesem Moment regte sich der Mensch und öffnete die Augen. Das erste, was er sah, war sein Messer, das gefährlich nahe vor seinem Gesicht herumgeschwenkt wurde.

»Nimm alles, was du willst«, stieß er hervor. »Ich werde den Bullen nichts sagen.«

»Alles in Ordnung mit dir?« fragte sie und wedelte mit dem Messer unter seiner Nase herum.

»Mir geht's gut, glaube ich«, nickte er und schaute sie nervös an. »Sag mal, was ist hier eigentlich los?«

»Das Ungeheuer hat versucht, dich zu fressen. Aber mein Freund und ich, wir haben dich gerettet.« Sie lächelte und verschwand dann ohne weitere Erklärung den Baum hinauf, um sich um Batty zu kümmern. Sie fand ihn in einer Astgabel liegen; er sah völlig niedergeschmettert aus.

»Heiliger Frequenzsalat! Was für ein Alptraum. Ich dachte, ich hätte einen Menschen gesehen.«

Er beugte sich über den Ast und blickte in die Tiefe.

»Aahhh!« schrie er. »Das habe ich tatsächlich!«

»Ist das wirklich ein Mensch?« fragte Christa, die vor Aufregung ganz zappelig war.

»Ja!« schnatterte Batty. »Fessel ihn. Spritz ihn voll mit Betäubungsmittel. Bring ihn um! Bring ihn um!«

Ein riesiger Waran stand vor ihm und stierte ihn mit herausschnellender Zunge von oben bis unten an.

10

Zak

Der Mensch setzte sich auf, rieb sich die Augen und schaute zu dem riesigen geflügelten Wesen hoch, das mit dem Kopf nach unten über ihm hing.

»Das Ungeheuer!« rief er zu Christa. »Paß auf!«

Sie lachte und flog zu ihm hinunter. »Das ist kein Ungeheuer, das ist mein Freund Batty. Er ist eine Fledermaus.«

»Fast hätte ich's nicht gemerkt«, erwiderte er. »Und was bist du denn so? Vielleicht 'ne Elfe?«

»Selbstverständlich. Und du? Bist du wirklich ein Mensch?«

»Das letzte Mal, als ich mich angeguckt habe, war ich's jedenfalls«, sagte er und ließ zum ersten Mal seine Blicke in der Umgebung schweifen. »Hör mal, das alles hier ist äußerst seltsam. Ich krieg's nicht auf die Reihe. Zeit, daß dieser Traum zu Ende geht.«

Er stand auf, drehte sich um und stampfte den Ast entlang; ohne sich weiter Gedanken zu machen, trat er auf ein Blatt, das abbrach und mit ihm davonschwebte.

»Bin ich tot?« rief er, als er auf dem Blatt durch die Luft surfte.

»Nein, das bist du nicht«, kreischte Batty. »Aber dem läßt sich leicht abhelfen.«

Christa flog aus dem Baum und folgte dem Blatt, das sich im Wind drehte und schaukelte.

»Oh, super!« quiekte sie. »Das ist einfach umwerfend! Ich kann's kaum erwarten, dich mit nach Hause zu bringen.«

Der Mensch ritt auf dem Wind wie auf einer Welle und steuerte das Blatt zum Waldboden hinunter. Doch als ein riesengroßer Käfer an ihm vorbeikrabbelte und seine gepanzerten Scheren schwenkte, brüllte er, so laut er konnte: »Was ist mit mir passiert?«

»Ich habe dich geschrumpft«, sagte Christa und sah zu, wie er auf einem Haufen nasser Blätter landete. »Nicht absichtlich«, fügte sie grinsend hinzu, »es war wirklich verblüffend. Der Zauber sollte eigentlich anders wirken, aber Magi wird dich schon wieder hinkriegen.«

»Du hast mich *geschrumpft?*« Er starrte sie an und sprang hastig auf die Füße.

»Kapiert schnell, was?« quäkte Batty.

»Na, dann *ent*schrumpf mich mal wieder. Und zwar ein bißchen plötzlich!« brüllte er.

»Nun, ich könnt's ja mal versuchen. Vielleicht klappt's, aber ich bin noch am Lernen, deshalb kann ich für nichts garantieren.«

»Das ist ja großartig! Ich bin einer Amateurin in die Hände gefallen! Okay, dann versuch mal los.«

Christa schloß die Augen, breitete ihre Arme aus und sang:

Vom Zauber will ich dich befrei'n:
So groß wie früher sollst du sein.

Ein Energieblitz schoß aus ihren Händen. Sein Kopf blähte sich zur doppelten Größe auf und schnurrte dann wieder zusammen. Einzelne Körperteile begannen zu wachsen, doch nicht alle gleichzeitig. Als der Zauber vorbei war, war er immer noch genauso klein.

»Ich könnt's noch mal versuchen«, schlug Christa leicht beschämt vor.

»Kommt nicht in Frage!« sagte er und schauderte. »Überlassen wir die Sache lieber der Wie-heißt-sie-noch-gleich — Magi oder so. Ich heiße übrigens Zak«, sagte er und streckte ihr die Hand hin.

Christa beäugte neugierig seine Hand und stellte sich ihrerseits vor: »Ich bin Christa.« Dann schenkte sie ihm ihr strahlendstes Lächeln und setzte hinzu: »Mach dir keine Sorgen, Zak, ich nehm dich mit nach FernGully. Das ist der schönste Ort im Wald. Dort wird's dir bestimmt gefallen. Komm mit; Batty kann dich tragen.«

»Ich?« quäkte Batty. »Kommt nicht in die Tüte! Nicht dieses kleine Säugetier. Einen Menschen tragen? Da gurgle ich lieber mit Plutonium.«

»He, das beruht ganz auf Gegenseitigkeit, Batman. Ich werd mich schon alleine durchschlagen«, giftete Zak und stampfte durch die Bäume davon. Aber er kam nicht sehr weit, bevor er nach Hilfe schrie.

Christa fand ihn mit dem Rücken gegen den Stamm eines gewaltigen Karri-Eukalyptus gepreßt. Ein riesiger Waran stand vor ihm und stierte ihn mit herausschnellender Zunge von oben bis unten an.

»O nein! Friß ihn nicht«, rief Christa und flog schnell zwischen die beiden.

»Aber irgend jemand *muß* ich doch fressen«, zischte der Waran und starrte Zak unvermittelt ins Auge.

»O bitte, friß nicht meinen Freund«, flehte Christa und ruderte herzerweichend mit ihren hängenden Flügeln.

»Ach, kleines Flatterflügelchen«, sagte der große Waran, der bei diesem Anblick weich wurde. »Du weißt ja, alle Freunde einer Elfe sind auch meine Freunde. Nun — wenn ich ihn nicht fressen darf, kann ich ihm wenigstens eine Mitreitgelegenheit anbieten.« Er nickte Zak zu. »Spring auf meinen Rücken.«

Nachdem Christa Zak versichert hatte, daß ihm nichts passieren würde, kletterte er auf den Rücken des Warans. Und ohne Vorwarnung schoß der Waran mit Höchstgeschwindigkeit durch den Wald davon; er raste so schnell durchs Unterholz, daß seine kurzen, aber stämmigen Vorder- und Hinterbeine zu einem einzigen Wirbel verwischten.

Christa folgte ihnen dicht auf den Fersen, während Batty unglücklich über ihr flatterte.

»Ei vertrackt noch mal, Elfenkäfer!« fluchte er. »Das ist eine beklagenswerte Kollision unkalkulierbarer Kalamitäten — ein Schlamassel der Sonderklasse!«

Der Waran hielt sich am Bach entlang, schlüpfte unter Farnwedeln durch und kletterte über umgestürzte Bäume. Hin und wieder kletterte er einfach einen Baumstamm hoch, wenn er dort etwas Fressenswertes erspähte. Christa war beeindruckt, wie tapfer sich Zak festklammerte.

Kurz vor Einbruch der Dunkelheit blieb der Waran stehen und warf Zak kurzerhand ab.

»Weiter gehe ich nicht«, brummte er mit seiner tiefen Stimme. »Wenn du dem Bachlauf folgst, findest du den Weg nach FernGully zurück.«

»Danke«, sagte Zak, der nur zu glücklich war, absteigen und seine Beine ausstrecken zu können. »Das war der verrückteste Ritt, den ich je erlebt habe.«

Er wollte sich ausruhen, doch Christa bestand darauf, daß sie weitermarschierten. Als sie neben ihm herging, konnte sie ihre Aufregung kaum noch zügeln.

»Es gibt so vieles, was ich dich fragen will«, sagte sie und paßte sich seinen langen Schritten an. »Sag mir doch, warum sind die Menschen in den Wald zurückgekehrt? Und wer war das Ungeheuer, das die Bäume auffraß?«

Zak mußte über sie lachen. »Das war kein Ungeheuer. Das war eine Maschine.«

»Was ist eine *Mah-Schiene?*« fragte sie stirnrunzelnd.

»Also, das ist ein Gerät, mit dem man Bäume fällen kann«, schnaufte er mühsam, weil er gerade über einen umgestürzten Baum kletterte.

»Aber das ist ja schrecklich!« Christa stockte der Atem. Sie flatterte ihm ein Stückchen voraus und zog ihn über den Stamm.

»Nur für jemanden, der in einem Baum wohnt«, sagte er grinsend. Er nahm sie bei der Hand.

»Aber ich *wohne* ja in einem Baum!« sagte sie und entzog ihm rasch ihre Hand. »Und alle meine Freunde auch.«

Eine dichte Gruppe hellroter Blätterpilze ragte vor ihnen auf. Zak wand sich durch die dicken, schwammigen Stiele. Die Giftpilze überwältigten ihn fast mit ihrem starken Geruch. Christa flatterte darüber hinweg und spähte zwischen den Pilzhüten zu ihm hinunter.

»Könnte die Mah-Schiene nach FernGully kommen?« fragte sie.

»Niemals. Du brauchst dir da überhaupt keine Sorgen zu machen«, sagte er und schob sich mit den Ellbogen einen Weg durch den gummiartigen Tunnel frei.

»Warum?« fragte Christa, die rückwärts neben ihm herflog.

»Weil ... weil ... sie in einer Falle sitzt«, antwortete er; nun stolperte er über Zweige und Ranken dahin.

»Ich weiß!« rief sie und hob eine Ranke für ihn hoch, damit er unter ihr durchgehen konnte. »Die Falle sind diese roten Zeichen. An denen kommt die Mah-Schiene nicht vorbei. Das müssen rote Zauberzeichen sein.«

»Du bist ganz schön clever, Elfe!« Er setzte sich hin, um sich in dem langsam dunkel werdenden Wald auszurasten.

Christa setzte sich neben ihn, und sie schauten zu, wie im Wald das nächtliche Leben erwachte, ein winziges Licht nach dem anderen in den Bäumen aufleuchtete.

Batty hing kopfüber von einem Zweig in der Nähe und wandte seinen Blick keine Sekunde lang von Zak ab. »Zieh ab! Rutsch runter von unseren Wellen, hör auf, in unseren Frequenzen herumzumanschen!« brabbelte er grob.

Doch Zak nahm von Batty keine Notiz. Er konnte seine Augen nicht von Christa wenden, die sich neben ihm auf dem weichen Blätterteppich ausstreckte.

»Du hast die Bäume beschützt«, sagte sie und seufzte träumerisch. »Kein Wunder, daß das Ungeheuer dich umbringen wollte. Ich bin so froh, daß die Menschen in den Wald zurückgekehrt sind, um die Bäume zu beschützen.«

»Was meinst du mit *zurückgekehrt?*« fragte er und beobachtete einen Schwarm Glühwürmchen, die im Baum über ihm funkelten.

»Ihr seid zurückgekehrt, weil ihr früher, vor langer Zeit, hier bei uns gelebt habt. Ihr wart unsere Freunde. Erinnerst du dich nicht?«

»Waren wir das?« Er lachte, während Batty aus Leibeskräften schrie:

»Freunde? O nein, Elfenkäfer. O nein, nein, nein, nein, nein! Ei vertrackt noch mal, kurbel doch deine grauen Zellen an. Du bringst alles durcheinander! Diese Type ist kein Freund!«

»Ah, jetzt begreife ich allmählich alles«, sagte Christa, die Batty keinerlei Beachtung schenkte.

Sie beugte sich zu Zak hinüber, so daß ihr Gesicht ganz nah vor dem seinen war; sie blickte ihm tief in die Augen und flüsterte: »Ich möchte Zaubertricks wie deine lernen. Wirst du sie mir beibringen?«

11

Nächtlicher Zauber

Als sich die Nacht über den Wald senkte, wurde Magi wirklich von großer Unruhe erfüllt. Vom Augenblick an, in dem der Hexxor-Baum gefällt war, wußte sie, daß Hexxor entkommen war. Wie, wußte sie zwar nicht, doch sie konnte die Gegenwart des bösen Geistes wieder spüren. Erst war es nur ein flüchtiges Gefühl, doch als sich der Abend näherte, wurde es immer stärker und verließ sie nicht mehr.

Magi wußte, daß am Rand des Waldes Menschen waren. Sie wußte es seit dem Moment, als sie den dunklen Rauch am Warnberg hatte aufsteigen sehen. In der Vergangenheit hatte sie nie einen Grund gehabt, sich vor den Menschen zu fürchten, doch das waren heute andere Menschen als die, die sie damals gekannt hatte. Und obwohl sie keinen Grund dafür nennen konnte, wußte sie, daß die Rauchwolken nichts Gutes zu bedeuten hatten. Noch sicherer stand für sie fest, daß diese Menschen für die Freilassung von Hexxor verantwortlich waren, was ihre Besorgnis noch verstärkte.

Zum ersten Mal in ihrem langen Leben wußte sie nicht, wo das Problem lag, oder auch nur, was im Wald eigentlich vor sich ging. Doch sie wußte, daß irgend etwas passieren würde.

Nach Sonnenuntergang beschloß Magi, zu den Felsentümpeln zu gehen und zu sehen, ob sie dort Antworten auf ihre Fragen finden könnte — heute nacht war Vollmond, und sie wußte, daß das Wasser in den Tümpeln kristallklar und einfach zu lesen sein würde. Sie eilte aus ihrer Behausung; Ock und Rock folgten ihr dicht auf dem Fuß. Die riesigen Kasuare waren ebenfalls besorgt. Sie hatten Magi noch nie so verstört gesehen.

Aber sie waren nicht die einzigen, die bei Einbruch der Nacht von Sorgen geplagt wurden. Um den Alten Baumriesen herum herrschte helle Aufregung, als sich herumsprach, daß Christa verschwunden war. Glühwürmchen-Laternen erleuchteten den Wald, und zahllose Elfen versammelten sich um die hoch aufragende Würgefeige, um auf Neuigkeiten zu warten.

»Wir müssen einen Suchtrupp organisieren«, sagte Jips, der die Sache in die Hand nahm. »Alle können mitmachen, vor allem die Nachtaktiven. Alle, die im Dunkeln sehen können, sollten jetzt anfangen zu suchen. Der Rest wartet bis morgen früh.«

»Ich fliege zu den Wasserfällen und schaue nach, ob ich ein Lebenszeichen von ihr finde«, sagte Slider und glitt davon.

»Hat jemand die leiseste Ahnung, wo sie sein könnte?« fragte Ash.

»Sie ist bei Sonnenaufgang mit dem Flattermann losgezogen«, krächzte Blackbeak. »Das ist das letzte, was ich von ihr gesehen habe.«

»Was ist mit dir, Pips?« fragte Ash. »Du kennst sie so gut wie kein anderer.«

»Nun, im Moment renkt sie sich wegen vieler

Dinge die Flügel aus«, antwortete er gedankenvoll. »Sie glaubt, daß Hexxor zurückgekommen ist, irgendwo am Rand des Waldes, und sie redete davon, daß sie zum Berg der Warnung fliegen wollte. Aber ich bin sicher, daß sie es nicht so gemeint hat.«

»Zum Berg der Warnung!« schrie Elwood empört. »Das ist wohl nicht dein Ernst.«

»Warum hast du uns das nicht früher erzählt?« fragte Jips.

»Du hättest sie daran hindern sollen«, sagte Elwood und zupfte sich nervös am Bart.

»Du kannst ja *selbst* mal versuchen, Christa an etwas zu hindern, was sie tun will«, murrte Pips.

»Streiten ist völlig zwecklos«, unterbrach Großvater Ash und trat zwischen Elwood und Pips. »Was passiert ist, ist passiert. Wichtig ist jetzt, was wir unternehmen können, um sie zu finden.«

»Was ist denn hier los?« rief Granny Belladonna und kletterte hastig den Baum herunter.

»Wir organisieren einen kleinen Ausflug, um Christa zu suchen«, sagte Jips und fing sie auf, als sie etwas unglücklich neben ihm aufkam.

»Dann komm ich auch mit«, sagte Granny. »Ich liebe Ausflüge.«

»Du kannst nicht mit, Granny«, sagte Rose Myrtle. »Es ist viel zu gefährlich, und du kannst nicht sehr gut fliegen.«

»Alberner Schnickschnack!« schniefte die alte Elfe. »Ihr werdet doch keinen Ausflug ohne mich machen.«

Während alle überlegten, was zu tun wäre, sagte Pips zu Sandy, daß er Magi suchen wolle. Er legte sich einen Schlachtplan zurecht und bat Sandy, die Beetle Boys zusammenzutrommeln. Wilkea sagte, er würde dableiben und sich anhören, was der Ältestenrat plante. Die drei Elfenjungen verabredeten, sich beim Pythonfelsen zu treffen, wenn der Vollmond seinen höchsten Stand erreicht hätte.

Pips brach auf, ohne genau zu wissen, wo Magi lebte. Er flog selten in den Südbuchenwald. Ein ganzer Berghang düsterer alter Bäume war nicht gerade das, was ihm als angenehmer Aufenthaltsort vorschwebte. Er hatte nie begriffen, was Christa an dieser Ecke des Waldes oder an Magi so toll fand, und er dachte, jedes Interesse an den alten Zauberkräften sei reine Zeitverschwendung.

Jetzt, im Vollmond, sahen die moosüberwucherten Bäume gespenstisch aus. Nebelschwaden streiften ihn, und der Ruf einer einsamen Eule machte ihn ganz kribbelig.

Er war erleichtert, als sich die Bäume lichteten und er unter sich eine Wiese sah. Zwei gewaltige Schattengestalten standen neben einem runden Felsentümpel. Als er hinabflog, um die Sache zu erkunden, erkannte er Ock und Rock. Magi stand zwischen ihnen. Als er sich ihnen näherte, bemerkte er, daß die Bäume ringsherum vollgepackt mit stummen Zuschauern waren. Eulen, Opossums und Gleitbeutler saßen alle regungslos dicht an dicht. Er fragte sich, in welche Versammlung er denn da wohl hineingeplatzt wäre, und quetschte sich auf einen überfüllten Zweig, der über den Felsentümpel hing.

»Hat sie was verloren?« fragte er einen selten weißen Maki.

»Sie schaut in die Zukunft«, flüsterte der Maki, der an seinem langen, buschigen Schwanz baumelte. Ock und Rock tuschelten ebenfalls miteinander;

ihre tiefen Stimmen waren in der stillen Nachtluft deutlich vernehmbar.

»Da braut sich eine unnatürliche Gewalt zusammen«, sagte Rock, als Magi funkelnde Wassertropfen aus dem Tümpel schöpfte. »Sie spiegelt sich im Wasser wider.«

»Was ist eine unnatürliche Gewalt?« fragte Ock.

»Das braucht dich nicht zu kümmern«, antwortete Rock wichtigtuerisch. »Du wirst sie schon erkennen, wenn du sie siehst.«

»Frag Magi, ob sie ein bißchen schärfer hingukken und mir sagen kann, wo Christa ist«, rief Pips. Doch die großen Vögel sagten ihm, er solle den Mund halten und Magi nicht stören.

»Im Moment stehen andere Dinge an«, flüsterte Rock.

»Was zum Beispiel? In Wasserlöcher starren?« sagte Pips ungeduldig.

»Nicht, *wohin* sie schaut, ist wichtig, sondern, was sie *sieht*«, sagte Ock.

Pips beobachtete Magi, die wie in Trance um den Tümpel wandelte. Sie schöpfte noch mehr Silbertropfen aus dem Wasser und schleuderte sie mit magischen Gesten durch die Luft.

»Sieht mir nach Hokuspokus aus«, sagte Pips und flog davon. »Ich habe Wichtigeres zu tun, als einer Vollmond-Show mit Feenzauber zuzugucken. Ich muß Christa finden.«

Als er zum Pythonfelsen flog, wuchs seine Unruhe. Er hatte das Gefühl, daß die Luft irgendwie anders war, und die Schatten, die der Mond warf, sahen unheimlich aus.

Was Pips in diesem Moment nicht wußte: In jenen nächtlichen Schatten lauerte Hexxor. Hexxor war noch nicht sehr lange frei, doch er wuchs mit einer beängstigenden Geschwindigkeit. Als der Baum, der ihn so lange gefangen gehalten hatte, umgestürzt war, war er plötzlich wieder ein frei schwebender Geist. Erst war er nur eine schmächtige, schattenhafte Gestalt, doch unerwartet stieß er auf eine überraschend gute Kraftnahrung, die es noch nicht gegeben hatte, als er früher frei herumstreifte. Es war das dicke, schwarze Öl, das aus der Maschine auslief, mit der die Menschen Bäume fällten.

Hexxor haßte Menschen genauso wie den Wald, Elfen, frische Luft und alles andere, was Leben bedeutete; aber jetzt entdeckte er, daß ihm eines an den Menschen gefiel — ihre Maschinen!

Das Öl stärkte Hexxor, und die Abgase, die er in sich einsog, blähten ihn auf, bis er riesiger war als jemals zuvor. Es behagte ihm sehr, daß er jetzt die Größe und Gestalt einer zusammengeballten schwarzen Wolke hatte, weil sich so sein Zerstörungstrieb viel gewaltiger austoben konnte.

Heute nacht also, während ganz FernGully nach Christa suchte, probierte Hexxor seine neue Stärke aus. Mit glühenden Feueraugen waberte er als dunkler, wallender Nebel durch den Wald und tötete alles, was er berührte. Er entdeckte, daß er mit einem einzigen Hauch seines Giftatems ganze Abschnitte des Waldes vernichten konnte. Im Moment spielte er nur herum. Denn er wußte, daß es nur eine Frage der Zeit war, bis er den ganzen Wald und alles Leben darin zerstören würde.

12

Welten in der Welt

Ein kalter, feuchter Windstoß erinnerte Christa plötzlich daran, daß sie einen Unterschlupf für die Nacht finden mußte. Zak hatte sie so fasziniert, daß sie ganz vergaß, wie weit sie noch von zu Hause weg waren, und jetzt müßten sie den Rest der Nacht in diesem ihr unbekannten Teil des Waldes verbringen.

Sie suchte nach Batty und entdeckte ihn, wie er — fast ganz versteckt — kopfüber zwischen langen Rindenstreifen hing, die von einem Eukalyptusbaum in der Nähe herabhingen.

Sie verließ ihn und flatterte davon, um einen sicheren Schlafplatz zu suchen. Sie wollte die Nacht nicht in einer dunklen, stickigen Erdhöhle verbringen, sondern lieber hoch oben in den Bäumen, wo sie sich immer sicher fühlte. Doch das war schwierig, weil Zak keine Flügel hatte; ein Plätzchen, wie sie es sich sonst ausgesucht hätte, kam daher nicht in Frage.

Sie stöberte ein leeres Vogelnest auf und begutachtete verlassene Baumhöhlen, doch das alles war entweder zu klein oder zu dunkel.

Da stach ihr ein schimmernder Baumschwamm ins Auge, der wie eine Treppe an einem massiven Wandoo-Eukalyptus emporwuchs. Sie lief hinauf und entdeckte, daß er fast bis oben zum Wipfel reichte, wo er sich zu einer weichen Terrasse verbreiterte. Hier wären sie gut aufgehoben: der Baumstamm und die Äste würden sie vor dem Wind schützen.

Aufgeregt flitzte sie zu Zak zurück. Doch als sie die Lichtung erreichte, war die Luft dick und schwer von einem erstickendem Qualm, der einen beißenden Geruch verbreitete.

Zak stand vor einem Buschhuhn-Hügel, der hell in der Dunkelheit leuchtete.

»Komm und wärm dich auf«, rief er. »Ich hatte eins der Wunder moderner Technologie in meiner Tasche — ein Einwegfeuerzeug!« Er grinste und hielt es vor ihr hoch.

»Was ist denn das?« fragte Christa, die sich der Flamme vorsichtig näherte.

»Ein Feuer«, sagte er, stolz auf das, was er vollbracht hatte.

»Das ist Feuer?« Sie streckte ihre Hand aus, um die Flamme zu berühren.

»Nein!« schrie er und stieß ihre Hand weg. Doch sie hatte schon in die Flamme gefaßt, und ihre Hand rötete sich und pochte in einem brennenden Schmerz.

»Au!« Eine einzelne Träne kullerte ihre Wange herunter. Zak wischte sie weg und beobachtete überrascht, wie sie seinen Finger entlangrollte und dann in seiner Handfläche lag, wo sie einen Moment lang Funken sprühte und dann mit einem winzigen Aufblitzen verschwand.

»O nein!« rief Christa, die mit einem Ruck aus ihrer Erstarrung erwachte. »Das Feuer! Es ist zu heiß für die Eier des Buschhuhns.«

»Was für ein Buschhuhn?« fragte Zak. Doch bevor Christa antworten konnte, wurde er von einem mächtigen Vogel über den Haufen geworfen, der auf den Erdhügel sprang und mit einem seiner langen Beine in die Glut trat, so daß sie in alle Richtungen wegspritzte.

»In dem Hügel sind Eier«, rief Christa und zog Zak aus einem Blätterhaufen heraus. »Schnell, mir nach, wir müssen schnell vom Boden weg, das Buschhuhn schlägt um sich wie ein Rasender!«

»Beim fauligen Fangzahn, was muß eine Fledermaus hier alles anstellen, damit sie zu einer Mütze Schlaf kommt?« kreischte Batty, der vom Tumult aufgeweckt worden war.

»Alles in Ordnung, Batty. Schlaf weiter, wir sehen uns morgen früh«, rief Christa, die Zak die erste Stufe der Baumschwamm-Treppe hinaufhalf. Nach dem ersten Absatz war das Hinaufklettern einfach, weil sich die Spiralen ganz gemächlich den riesigen Stamm hinaufwanden.

»Das ist ja unglaublich!« rief Zak, der hinter Christa die Treppe hochlief. Der Schwamm glühte in einem schillernden Licht, jeder Absatz war einzeln beleuchtet. »So etwas habe ich noch nie gesehen. Das ist ja ein Monsterbaum — wie heißt der denn?«

»Das ist ein Wandoo, aber ein Monster ist er nicht«, antwortete Christa. »Er ist einer der Lieblingsbäume der Vögel. Die Seidenlaubenvögel, Tauben, Paradiesvögel, Katzenvögel und die meisten Papageien in diesem Wald leben von den Früchten dieses Baums.«

Sie berührte sanft seine orangebraune Rinde und lächelte.

»Alle Bäume in diesem Wald sind meine Freunde. Was gibt es dort, wo du lebst, für Bäume?«

»Keine solchen«, antwortete er. »Ich lebe in einer Stadt.«

»Was ist eine Schtatt?« fragte sie, während sie ihn immer höher hinaufführte.

»Ach weißt du — Häuser, Verkehr, Straßen, Ampeln. Nicht viele Bäume. Eine Stadt halt«, sagte er und blieb stehen, um in den nächtlichen Wald hinauszuschauen.

»Wie kannst du ohne Bäume leben?« fragte Christa, kletterte zu der weichen Terrasse hoch und ließ sich darauf nieder.

»Darüber habe ich eigentlich nie nachgedacht«, sagte er, kletterte ebenfalls hoch und setzte sich neben sie.

»Aber Bäume schenken uns Leben! Sie helfen, die Luft und den Regen zu machen«, sagte sie und faltete die Flügel auf dem Rücken zusammen.

»Ach, *das* haben wir alles auch.«

»Aber vermißt du es nicht, mit dem Wald zu reden?« fragte sie; sie legte sich zurück und stützte sich mit den Armen auf.

»Ich könnte nicht behaupten, schon jemals mit einem Wald geredet zu haben«, erwiderte er und streckte sich neben ihr aus. Als er sie so im Mondschein betrachtete, kam ihm der Gedanke, was für ein außergewöhnliches Geschöpf sie war. Ihre zierlichen spitzen Ohren und die zerzausten Haare rahmten ein Gesicht ein, das gleichzeitig pfiffig und völlig unschuldig war. Und wenn sie sich nicht bewegte, schien ihr Körper fast durchsichtig zu sein.

»Ich rede die ganze Zeit mit dem Wald«, flüsterte sie, fing einen Strahl Mondlicht in ihrer Handfläche auf und rollte ihn lose zu einem glitzernden Ball zusammen.

»Was erzählt er denn?« fragte Zak und sah zu, wie sie vor seiner Nase ihren Elfenzauber trieb.

»Na hör doch einfach zu!« sagte sie, blies den Mondstrahl von ihrer Fingerspitze und schloß die Augen.

Während der Vollmond sie durch die Baumwipfel anblinzelte und Glühwürmchen im Laubschatten flimmerten, lauschte Zak der Nacht. Er war überrascht, als er den Wald in einem ganz deutlichen Rhythmus raunen hörte. Nachtgrillen zirpten einen durchgehenden Refrain, während die Bäume rauschten, wenn der Wind durch ihre Blätter strich. Frösche quakten im Takt mit den Grillen, und in der Ferne erklang leise ein Eulenruf.

»Na so was! Mir zuckt's in den Beinen — Wald, du bist ja die reinste Funk-Band! Ich hätte mir nie träumen lassen, daß ein Wald etwas erzählt oder Musik macht. Das hier oben ist eine ganz eigene Welt, nicht?« sagte er.

»Magi sagt, es gäbe viele verschiedene Welten«, erwiderte Christa leise. »Sie sagt, manche davon bekommen wir nie zu sehen, was aber nicht heißt, daß sie nicht da wären.«

»Von dieser Magi hältst du 'ne ganze Menge, was?« Zak lächelte und drehte sich auf die Seite, um sie besser anschauen zu können. »Ist das auch eine Elfe?«

»Natürlich! Was hättest du denn gedacht?«

»Na, sie könnte ja auch eine Hexe sein.« Beide lachten. »Hast du nicht gesagt, sie kenne einen Zauber, der mich wieder normal macht?«

»Glaubst du an Hexen?« fragte Christa aufgeregt.

»Nie im Leben!« sagte er und stützte seinen Kopf auf die Hand. »Ich habe nur Spaß gemacht. Sag mal, was treibt eine Elfe so den ganzen Tag, wenn sie sich nicht mit Menschen unterhält oder Mondstrahlen fängt?«

Sie runzelte die Stirn. »*Treiben?* Ich weiß nicht, was du meinst.«

»Nun, arbeitest du? Hast du einen Job?«

»Was ist denn ein Dschop?« fragte sie, reckte ihre Flügel und flatterte niedlich damit.

»Wie verbringst du denn so die Tage?« erkundigte er sich, betrachtete ihre Flügel und fragte sich, wie es wohl ist, wenn man fliegen kann.

»Meistens laß ich's mir gut gehen«, sagte sie.

»Ja? Das klingt cool.«

»Nein, meistens ist es heiß«, sagte sie und legte ihre Flügel wieder an.

»Nein, du kapierst nicht, was ich meine. Cool bedeutet ja heiß.«

»Was meinst du denn damit schon wieder?«

»Na, du weißt schon — cool, super, stark, Spitze. Du zum Beispiel — du bist echt stark«, sagte er und faßte sie bei der Hand.

»Ist das etwas Gutes?«

»Aber total.« Er grinste. »*Jetzt* hat's gefunkt.«

»Das ist ja super«, sagte sie und prustete vor Lachen, als sie das Wort aussprach.

Lange lagen sie schweigend nebeneinander, jeder war glücklich und fühlte sich wohl mit dem anderen. Sie hingen ihren eigenen Gedanken nach, hörten zu, was der Wald zu erzählen hatte, und beobachteten den Mond, der langsam durch die Bäume wanderte. Schließlich glitten sie, erschöpft nach dem langen Tag, in den Schlaf hinüber.

Sie schliefen so tief, daß keiner der beiden auch nur zuckte, als sich eine unheimliche Schattenhand über den Mond legte und den Wald verdüsterte. Keiner der beiden ahnte, daß alles, worauf dieser unheilvolle Schatten fiel, mit einem Mal zusammenschrumpfte und starb. Und sie schliefen so fest, daß sie nicht hörten, wie die Erde in einem tiefen, herzzerreißenden Stöhnen erbebte. Das grausame Gelächter, dessen Echo im Wind trieb, hätte ihre Herzen zu Eis erstarren lassen — hätten sie seine tödliche Botschaft gehört.

»Honigbeerchen, du sitzt wirklich bis zum Hals in der Tinte«, krächzte Blackbeak, ein schwarzer Arakakadu, von oben herab.

13

Der Suchtrupp

Pips und Sandy flogen neben den Beetle Boys durch den mondhellen Wald. Pips war froh, daß die Jungs mit von der Partie waren, auch wenn er sich wünschte, sie wären nicht ganz so rüpelhaft. Knot hatte Wilkea hinter sich auf seinen Käfer genommen, so daß auch er sich an der Suche beteiligen konnte.

Am Adlerhorst wechselten sie aufs linke Ufer der Schlucht hinüber und flogen dann an einem Labyrinth von Felsenhöhlen vorbei, das hoch über dem Steinbach lag. Pips und Sandy kannten diese Gegend gut. Hier kamen sie oft zum Herumtoben her — diese Klippen waren eines der größten Freigelände im Wald und hervorragend geeignet für Sturzflüge. Hier lebten auch die Beetle Boys. Pips hoffte, daß Stump nicht noch mehr Leute von seiner Gang mobil machen würde. Heute abend waren zum Glück die meisten Höhlen leer, und bis auf einige einsame schlafende Käfer war alles ruhig.

»Bist du schon mal bis zum Ende des Waldes geflogen?« schrie Pips zu Stump hinüber, so laut er konnte, um das Getöse des Hirschkäfers zu übertönen.

»Nee! Wir bleiben lieber, wo wir uns auskennen. Außer einem gelegentlichen Trip nach FernGully hängen wir immer hier rum. Das ist unser Revier.«

»Riecht nicht besonders fein hier«, sagte Sandy und hielt sich die Nase zu.

»Weil jeder wasserscheu ist«, sagte Pips. »Stump sorgt schon dafür, daß es am Steinbach nie regnet!«

»Jetzt red keinen Bockmist!« brüllte Stump. »Klar haben wir Wasser. Was glaubst du denn, womit wir unseren Käfersaft runterspülen?« Er zog einen angeschimmelten Flachmann aus seinem schmutzigen Schlangenhautstiefel und hielt ihn Pips unter die Nase. »Nimmste mal 'nen Schluck?«

Pips schauderte. »Nein danke, das Zeugs rühr ich nicht an.«

»Davon sieht man im Dunkeln besser«, grunzte Stump, gluckerte kräftig aus der Pulle und bretterte dann davon, an die Spitze des Konvois.

Beim Kolibri-Ausguck, wo Christa oft hinkam, um mit den Vögeln zu singen, überquerten sie den Bach. Aber heute war keine Spur von ihr zu entdekken.

Als nächstes führte Pips sie durch das Echotal.

»Das ist ja echt stark!« sagte Sandy, klatschte in die Hände und lauschte dem Echo. »Hier sollten wir mal spielen. Das gäbe einen abartigen Sound.«

»Klar, und wir würden das ganze Tal aufwecken!« bemerkte Wilkea lachend.

Pips erinnerte sich an das letzte Mal, als er mit Christa hierher geflogen war. Sie waren von einem heftigen Regenguß überrascht worden und hatten Schutz zwischen den Wurzeln eines Baums gesucht, wie sich herausstellte, genau vor dem Bau einer Beuteltier-Familie. Die Beuteltiere luden sie zum Abendessen ein, und sie blieben in der warmen Höhle, bis der Regen vorüber war. Pips schaute nach, doch der Bau war jetzt verlassen.

Sie flogen weiter, aber als bei der Windbruch-Lichtung immer noch keine Spur von Christa zu sehen war, begann Pips sich Sorgen zu machen. Weiter als bis hierher war keiner von ihnen je geflogen.

»Könnte sie in der Blauen Grotte sein?« fragte Sandy.

»Nie im Leben!« verneinte Pips. Dann ließ seine Anspannung ein wenig nach, und er grinste. »Ich habe sie vor kurzem gefragt, ob sie mit mir dahin fliegen möchte, und sie wäre beinahe ausgeflippt. Versuchen wir's mit dem Opossum-Wald. Im Moment scheint sie ganz in Opossum-Babys vernarrt zu sein.«

Sie änderten ihre Flugroute und rasten im Tiefflug über dem Waldboden dahin, kurvten und schlängelten sich um die Bäume. Der Mond war schon untergegangen, und der Wald war dunkel.

»Irgendwie stimmt hier was nicht«, sagte Pips zu Sandy. »Ich habe ein komisches Gefühl. Sie ist nie so lange von zu Hause weggeblieben.«

Sandy redete ihm zu, sich keine Sorgen zu machen; sie wußten alle, daß Christa besser zurechtkam als die meisten anderen. Aber die Beetle Boys konnten es nicht lassen, Pips aufzuziehen.

»Ich wette, sie ist von einem Falken gefressen worden«, sagte Bark.

»Oder von einem Waran«, kicherte Twigs.

Irgendwann kam Stump zu der Erkenntnis, er habe Hunger und müsse sich ausruhen. Wilkea war nur zu glücklich, von Knots Käfer absteigen und seine Beine ausstrecken zu können. Aber als sie ihre Käfer abstellten, bemerkten sie zu ihrer Überraschung, daß alles Laub in der Umgebung abgestorben war.

»Keine Chance auf ein bißchen Grünzeug hier«, grollte Stump.

»Wer kann denn hier gewütet haben, Wil?« fragte Sandy.

»Keine Ahnung.« Wilkea schüttelte den Kopf. »Aber ich hoffe, wir laufen ihm nicht über den Weg!«

»Schaut euch das mal an!« rief Knot. »Dieser alte Drachen hat wohl einen Sturzflug hinter sich.«

Pips besah sich den steifen Körper eines Bartagams und erkannte bestürzt, daß es sich um Draggs handelte. »Ich kenne diesen kleinen Agam. Er ist Christas Freund.«

»Da sind noch mehr Leichen«, grunzte Stump und zeigte auf einen Gecko und einen Skunk, die tot vor einem verkohlten Baumstamm lagen.

»Hauen wir bloß ab hier«, wimmerte Bark und startete seinen Käfer durch.

Aber Draggs atmete noch, und Pips weigerte sich, davonzufliegen, ohne ihm zu helfen. Er fand einen kupferfarbenen Fuchskusu, der gern seine Hilfe anbot, Draggs mit auf seinen Baum zu hieven.

»Da oben im Stamm ist eine Höhle. Wenn wir sie mit Blättern ausstopfen, kann er bequem drin liegen«, sagte der Kusu. »Ich werde mich um ihn kümmern. Er kann nicht am Boden liegen bleiben. Da zieht ein schwarzer Nebel herum, der alles tötet, was mit ihm in Berührung kommt.«

»Das haben wir gemerkt«, sagte Stump.

Mit Hilfe des Kusus zogen sie Draggs den Baum hoch und legten ihn in die Höhle.

»Ich wünschte, Christa wäre hier«, sagte Pips. »Sie wüßte, was ihm gut täte.«

»Ich bleibe hier«, sagte Wilkea. »Ich habe zugesehen, wie Christa Batty geheilt hat. Ich kann für ihn sorgen.«

»Dann bleibe ich auch hier«, bot Sandy an. »Ich kann Wasser vom Bach holen. Pips, such du weiter nach Christa. Mach dir um uns keine Sorgen, wir sind morgen früh wieder zurück.«

»Bis zum Morgengrauen dauert es nicht mehr lange«, sagte Pips. »Ich hoffe nur, daß Christa und der Flattermann in besserem Zustand sind als Draggs.«

Pips und die Beetle Boys machten sich wieder auf den Weg und ließen Wilkea und Sandy zurück, die den kleinen Agam pflegen wollten.

»Das ist doch Zeitverschwendung«, maulte Bark.

»Ja, wahrscheinlich hat sie einen anderen Freund gefunden«, stichelte Twigs.

Pips ignorierte ihre Bemerkungen und rief immer wieder Christas Namen durch den Wald.

Als das erste Morgenlicht durch die Bäume drang, gelangten sie zum Bach und folgten ihm stromaufwärts. Pips entdeckte überrascht viele kleine Regenbogen, die auf dem Wasser schillerten. Es sah aus, als hätte jemand einen Regenbogen in Fetzen gerissen und überall herumgeschleudert; doch er hatte keine Zeit, darüber nachzudenken, weil Twigs etwas noch Ungewöhnlicheres aufstöberte.

Ein glänzendes, flaches, gelbes Ding trieb stromabwärts auf sie zu. Alle bremsten so plötzlich ab, daß die Käfer ins Schleudern gerieten. Etwas Derartiges hatte noch nie jemand von ihnen gesehen. Es sah aus wie ein flaches Stück Holz, hatte allerdings eine andere Farbe und ganz gleichmäßige Kanten. Pips langte vorsichtig hinunter und berührte die glänzende Oberfläche.

Pips paßt gerne auf Christa auf, aber diesmal wäre es beinahe schiefgegangen, weil Christa halt nie tut, was man ihr sagt.

Wenn man plötzlich geschrumpft ist und außerdem noch nie eine Elfe gesehen hat, ist es wohl nicht weiter verwunderlich, wenn es mit der Verständigung nicht gleich auf Anhieb klappt, oder?

Wenn's mal ruhig und friedlich ist im Regenwald, kommen garantiert bald die Beetle Boys daher: Stump, der starke Chef, der trottelige Twig, der kernige Knot und Bark, der Junior — alles wilde Kerle, die nichts lieber tun, als auf ihren Rennkäfern durch die Gegend zu rattern und dabei so richtig schön Krach zu machen.

»Egal, was es ist, jedenfalls ist es tot«, flüsterte er. »Wir müssen es nach FernGully schaffen. Es könnte etwas mit Christas Verschwinden zu tun haben.«

Stump wollte mit Bark und Twigs eine Möglichkeit ausfindig machen, wie sie den Gegenstand zurück nach FernGully transportieren könnten. Knot sollte weiter mit Pips nach Christa suchen. »Und wer weiß« — Stump zog geräuschvoll die Nase hoch —, »wenn ihr eure Glotzerchen offen haltet, findet ihr vielleicht noch mehr tolle Sachen, die hier angeschippert kommen.«

14

Das Leben — ein magisch verwobener Kreislauf

An jenem Morgen spürte Christa, daß etwas nicht stimmte, noch bevor sie die Augen öffnete. Die Baumschwamm-Terrasse wand sich unter ihr in schnellen, heftigen Zuckungen. Jede Bewegung jagte Christa einen dumpfen, pochenden Schmerz durch den Körper.

Als sie über den Rand der Terrasse nach unten blickte, sah sie Zak am Fuß des Baumes stehen und am Stamm herumhämmern. Sie flog hinunter und fragte ihn, was er da mache. Er erzählte ihr stolz, daß er ihren Namen in den Stamm schnitzte.

»Aber das darfst du nicht!« schrie sie. »Du tust ihm weh! Kannst du seinen Schmerz nicht spüren?«

Zak wußte nicht, wovon sie redete; da legte Christa seine Hand auf den Stamm und forderte ihn auf, es selbst zu fühlen. Batty, der mit dem Kopf nach unten im Baum hing, kommentierte, daß Menschen vom Gehirn abwärts völlig gefühllos seien und überhaupt nichts spüren könnten.

»Willst du damit sagen, ich könnte das Leben dieses Baumes tatsächlich durch meine Handfläche *spüren?*« fragte Zak.

»Natürlich!« antwortete sie.

»Dann sag mir auch, wie!«

»Nun, genauso, wie ich meine Nase oder meine

Zehenspitzen spüre. Ich spüre sie, weil sie ein Teil von mir sind.«

»Also, der Baum ist jedenfalls kein Teil von mir«, sagte Zak. »Ich glaube, du vergißt, daß ich ein Mensch bin. Ich verfüge nicht über die Zauberkräfte einer Elfe.«

»Hab dir doch gesagt, was der für ein Holzklotz ist«, quäkte Batty.

Christa sagte Zak, daß es nichts damit zu tun hätte, daß sie eine Elfe sei. Es hatte mit dem Leben zu tun — wußte er nicht, daß alles Lebendige Teil alles anderen war?

Zak lachte nur. »Nun, ich bin ganz bestimmt *kein* Teil eines Baumes.«

Christa rüttelte vorsichtig am Zweig einer Rohrpalme und zeigte ihm, was sie meinte. Während der Baum hin- und herschwankte, flatterte ein Vogeljunges heraus und ließ den Samen fallen, an dem es gerade knabberte.

»Siehst du, das passiert, wenn man stört. Gleich ist etwas anderes mit betroffen. Komm, ich zeig dir mal ein bißchen den Wald.« Sie nahm ihn bei der Hand und zog ihn hinter sich her. Sie war stolz auf ihren Wald und wollte, daß er genauso viel Freude daran hatte wie sie selbst.

»Siehst du diese Huonkiefer?« Sie deutete auf einen gewaltigen, schattenspendenden Baum, der vom Lärmen scharlachroter Prachtkopfrosellas summte. »Würde dieser eine Baum sterben, dann hätten wir alle davon den Schaden. Keine Samen mehr, keine Pollen, keine Bienen, keine Vögel. Und siehst du dieses Spinnennetz?« fragte sie und federte leicht darauf auf und ab. »Wenn ich nur einen Faden zerreiße, fällt daß ganze Netz in sich zusammen. Alles Leben ist wie dieses Netz. Wir alle sind durch einen ganz besonderen Zauber miteinander verknüpft.«

»Wie ist das mit dir und mir?« Zak grinste und hob sie vom Spinnennetz herunter.

»Auch wir sind Teil von allem anderen«, sagte sie nur und entschlüpfte ihm.

Ein hübscher Schmetterling bot Zak an, auf seinem Rücken mitzufliegen, und Zak jagte Christa durch die Bäume nach. Je tiefer Zak in den Wald eindrang, desto stärker empfand er dessen Zauber.

Batty flatterte hinterher und wünschte lautstark, Zak würde aus ihrem Leben verschwinden. »Da dräut uns ein düsteres Desaster«, brabbelte er mißmutig.

Als Christa anhielt, um beim Bach ein bißchen auszuruhen, entdeckte Zak ein paar hellrote Blätterpilze und kam auf die Idee, daß sie prima Trommeln abgeben würden. Er begann einen Rhythmus zu klopfen. Er hörte auf das Quaken der Frösche und trommelte im Takt dazu. Ein blauer Flußkrebs krabbelte aus dem Bach und klapperte mit seinen mächtigen Scheren wie mit Kastagnetten. Christa begann zum Rhythmus zu tanzen — erst langsam, dann wirbelte sie immer schneller herum.

»Es gibt Welten in dieser Welt«, sang sie vor sich hin und lachte beim Tanzen. »Nichts ist im Lebensnetz getrennt — auch du hast ein magisches Element.«

Zak lachte über ihr Lied, dann trommelte er schneller. Immer mehr Waldbewohner tauchten an den Ufern des Bachs auf und schauten zu.

»Er verknallt sich gerade in die Elfe«, flüsterte ein orange-schwarzer Marienkäfer einem Prachtkäfer zu.

»Könnte schlimmer sein«, gab der Prachtkäfer zurück. »Er könnte auch gegen einen Baum knallen.«

Nicht einmal ein plötzlicher Regenguß oder Battys rüde Bemerkungen dämpften ihre glückliche Ausgelassenheit.

»Die Bäume machen viel Regen«, erklärte Christa, als sie neben Zak unter den breiten Blättern einer Schefflera stand. »Und der Regen läßt alles wachsen. Ohne Regen gäbe es keinen Regenwald, und gäbe es keinen Regenwald, wäre keiner von uns hier.«

Während sie warteten, daß der Regen nachließ, zog Zak ein zerdrücktes, halb aufgegessenes Sandwich heraus, das er sich aufgehoben hatte. Er wikkelte es aus der Plastikfolie und bot Christa an, davon abzubeißen.

»Essen Elfen überhaupt?« fragte er.

»Ja, oft sogar!« sagte sie, hob die Plastikfolie auf und untersuchte sie eingehend. Sie stopfte sie zu den anderen Fundsachen, die sie in ihrem Beutel verwahrte. Dann biß sie in Zaks Sandwich, spuckte es aber ganz schnell wieder aus.

»Das schmeckt ja scheußlich!«

»Wie steht's mit dir, Batman?« rief Zak zu Batty hoch, der kläglich von den obersten Zweigen der Schefflera hing. Batty beäugte das Sandwich mißtrauisch.

»Warum sollte ich? Ist es vergiftet?«

»Nein, ist es nicht«, sagte Zak, verärgert darüber, daß Batty sich immer noch weigerte, sich mit ihm ein wenig anzufreunden.

»Bist du sicher?« kreischte Batty.

»Todsicher«, schrie Zak zurück.

»Dieses Wort nehmen nur Idioten in den Mund.«

»Bist du sicher?«

»Todsicher«, sagte Batty, bevor er merkte, was er da von sich gab.

Christa lachte Batty aus, wünschte sich aber, er wäre nicht so unglücklich. Sie konnte sich nicht vorstellen, warum er sofort eine solche Abneigung gegen Zak gefaßt hatte.

Als der Regen in ein leichtes Nieseln überging, machten sie sich wieder auf den Weg. Ein Beuteltier mit rotem Hals folgte ihnen eine Weile und fragte dann schüchtern, ob sie gern auf ihm reiten würden.

Christa war von diesem großzügigen Angebot begeistert und half Zak, in den Beutel hineinzuklettern.

»Achtung Kurzschluß! Die Funken fliegen! Pack dir bloß *das* nicht in deinen Beutel!« schrie Batty. Doch das Beuteltier beachtete ihn gar nicht.

Mittag war schon längst vorbei, als das Beuteltier stehenblieb und Zak aus seinem Beutel herausließ. »Weiter gehe ich nicht«, entschuldigte es sich. »Ich besuche meine Cousine Mel hier bei den Immergrün-Fällen.«

»Von hier aus ist es nicht mehr weit nach Fern-Gully«, sagte Christa und bedankte sich herzlich.

»Schau mal!« rief Zak, der eine getrocknete schwarze Bohnenschote hinter sich herzog. »Ich hab ein Kanu für uns gefunden.« Er schob die Schote ins Wasser, sprang darauf und manövrierte sie mit einem winzigen Palmwedel. »Komm schon, jetzt bin ich mal an der Reihe — du kannst jetzt eine Fahrt erleben, die du nie mehr vergißt.«

Christa schwebte erst über dem Kanu, ließ sich

dann herabsinken und setzte sich hinein. Sie saß im Bug, Zak gegenüber, der durch die Stromschnellen steuerte.

Als der Wasserlauf ruhiger wurde, ließen sie sich faul im Strom treiben, an Lilien und Flußgummibäumen vorbei und unter den Wedeln eleganter Fächerpalmen hindurch. Ein Schwarm Schmuckloris schoß aus den Bäumen heraus und folgte dem Kanu den Bach hinunter. Sie streiften fast das Wasser, führten halsbrecherische Kurven vor, ohne aus ihrer Formation auszubrechen.

Christa rief nach Batty und wollte ihn auffordern, auf gleicher Höhe mit ihnen zu bleiben, doch zum ersten Mal auf ihrer langen Reise reagierte er nicht auf ihr Rufen.

»Du siehst, es gibt noch mehr im Leben als Fliegen«, sagte Zak grinsend; er genoß es ausgiebig, zum ersten Mal Herr der Lage zu sein.

Völlig unvorbereitet traf er auf den Wasserfall, dessen Tosen ihm plötzlich in den Ohren dröhnte. Er konnte das Kanu nicht mehr bremsen — es schoß direkt über die Steilstufe.

15

Zak macht Bekanntschaft mit FernGully

Christa, die so leicht wie eine Feder war, blieb einfach in der Luft hängen, als das Kanu unter ihr wegsackte. Erst wußte sie gar nicht, was passiert war, bis sie Zak den Wasserfall hinunterstürzen sah.

Als sie hinabschoß, um ihn zu retten, wurde sie plötzlich von den Beetle Boys abgedrängt, die ihr vorausflitzten. Stump fing Zak auf, bevor er unten aufschlug. Er warf ihn wie eine ertrunkene Mücke auf den Rücksitz seines Käfers und brauste mit Karacho davon.

Christa rief ihnen zu, behutsam mit Zak umzugehen, weil er ein Mensch sei, doch als Stump das hörte, kam er nur noch mehr in Fahrt.

»Ein Männnsch!?! Jippie!! Juppiduh!!« brüllte er und verschwand zwischen den Bäumen.

»He, komm zurück!« schrie Christa und setzte ihm nach. »Das ist *mein* Mensch!«

Sie jagte ihnen durch die Bäume nach, in Richtung auf die Mitte FernGullys, schoß durch enge Durchschlüpfe zwischen Ranken und schwirrte durch dichtes Blattwerk. Dann tauchte plötzlich Batty auf, kam Stumps Flugroute in die Quere, und die beiden prallten frontal zusammen.

Zak wurde von Stumps Käfer geschleudert und

flog in hohem Bogen durch die Luft; mit einem Plumpser landete er in den Wurzeln des Alten Baumriesen.

Die Elfen spritzten in panischer Angst auseinander, als dieses seltsame, fremde Geschöpf vom Himmel fiel. Doch als sie entdeckten, daß Christa nach Hause zurückgekehrt war, rannten sie aus ihren Verstecken, um sie zu begrüßen.

»Willkommen zu Hause, Zuckerpüppchen«, kreischte Blackbeak von seinem Hochsitz. »Was hast du uns denn diesmal mitgebracht?«

Christas Mutter flog ihr entgegen. »Gott sei Dank, daß du wieder daheim bist!« schluchzte sie.

Lily und Fern sausten aus dem Alten Baumriesen heraus und wollten ihre Schwester besichtigen. »Schau mal ihre zerrissenen Kleider an«, sagte Fern. »Sicher ist ihr etwas Furchtbares passiert.«

Auch Batty hatte sich inzwischen beim Alten Baumriesen eingefunden — nach einer Bruchlandung. Doch niemand nahm Notiz von ihm.

»Niemand kümmert sich um *mich*«, quäkte er kläglich und entwirrte seine Flügel, die sich in einer herabhängenden Ranke verfangen hatten. »Wieder mal eine perfekte Landung. Keine Bange. Nur ein paar blaue Flecken. Schocktherapie. Der rappelt sich schon wieder auf. Kein Grund zur Beunruhigung.«

»Ich kümmer mich um dich«, stöhnte Zak, stand auf und hinkte zu Batty hinüber, der wie ein Häuflein Elend am Boden lag.

»Du?« quäkte Batty nervös. »Bist du sicher?«

Zak grinste. »Todsicher.«

»Dieses Wort nehmen nur Idioten in den Mund«, murrte Batty.

»Bist du sicher?« fragte Zak.

Doch bevor Batty antworten konnte, wurde Zak von Christa entführt und an einer langen Reihe von Elfen vorbei zum Ältestenrat gebracht.

»Was haben wir denn da?« fragte Ash und musterte Zak von oben bis unten.

In diesem Moment flog Pips durch die Bäume, hinter ihm brummte Knot daher. Beide sahen völlig erschöpft aus.

»Christa! Wir haben überall nach dir gesucht. Wo in aller Welt hast du denn gesteckt?« rief Pips, als er neben sie niederflog.

»Pips, du wirst nicht glauben, was ich gefunden habe«, strahlte sie und deutete auf Zak.

Doch Pips war völlig unbeeindruckt und stieß zornig hervor: »Ist das wirklich alles, was du mir zu sagen hast? Ich war die ganze Nacht unterwegs, und du willst mir irgendein komisches Wesen vorführen!«

»Dieses komische Wesen ist zufällig ein Mensch«, antwortete Christa kalt.

Pips stand vor Zak und hob dann ein Stück vom Boden ab, so daß er ihn um Kopf und Schultern überragte. »Bißchen klein, was?«

Dann tauchten Stump und Twig auf, mit Mel, dem Beuteltier. Nur trug Mel, als sie auf die Versammlung zuhoppelte, nicht Paddy in ihrem Beutel wie sonst. Statt dessen ragte ein hartes, glänzendes, steinähnliches Ding heraus.

Ash bat Mel, ihnen doch zu erklären, was für ein Fundstück sie da nach Hause gebracht hätte. Mel sagte, sie wüßte es nicht, sei aber nur zu glücklich, ihre Last loszuwerden. Das Ding sei zwar nicht so groß wie Paddy, aber auch nicht so weich. Sie lehnte es gegen einen Baumstamm und hoppelte rasch wieder davon.

»Ist doch ganz einfach«, sagte Pips, der zu dem Ding hinging und gegen seine glänzende Oberfläche klopfte. »Es ist so hart wie Stein, aber hohl. Und da aus der Seite wächst diese kleine Ranke heraus.«

Zak drängte sich an ihm vorbei. »He, das ist mein Walkman.«

»Ich hab's gefunden, also erklär ich's auch!« fuhr Pips Zak an und brachte ihn mit einem eisigen Blick zum Schweigen.

»Dann erzähl uns doch, was es ist.«

»Nun, es ist offensichtlich ... offensichtlich ... ein ...«, stotterte Pips.

Zak beachtete ihn gar nicht weiter, sondern kletterte an seinem Walkman hoch. Er blickte in das Meer verwirrter Gesichter hinab, die alle zu ihm emporgewandt waren, und trat auf die Play-Taste. Bei dem lauten Gedröhn der Musik, die aus den Kopfhörern tönte, rasten alle davon und versteckten sich in einem Schlupfwinkel.

»Es ist lebendig«, schrie Ash und blinzelte hinter einem Baum hervor.

»Und es macht Krach«, brummte Jips, der über seine Schulter spähte.

Zak versuchte sie zu überzeugen, daß das Ding ganz harmlos sei. »Es ist nur eine Aufnahme von Musik«, erklärte er.

»Ich weiß nicht, was eine Aufnahme ist, aber was Musik ist, weiß ich schon, und das ist *keine* Musik!« sagte Ash bestimmt.

»Also ich finde, es klingt gut«, trällerte Christa und drehte sich im Takt.

»Man kann toll dazu tanzen!« kicherte Fern und zappelte und drehte sich neben ihrer Schwester.

Bald tanzten alle Elfenmädchen und -jungen, sogar die Babys. Dann machten allmählich alle mit, tanzten oder sangen oder flatterten im Rhythmus zur Musik.

Sogar Jips und Ash ließen sich von der fröhlichen Stimmung mitreißen und klopften mit dem Fuß. Rose Myrtle sah ihre Elfen-Ballerinas tanzen, wie sie noch nie zuvor getanzt hatten. Sie war nicht sicher, ob sie lachen oder weinen sollte.

Zak sprang hinter ein paar Pilze und trommelte dazu. Pips zog seine Flöte heraus und forderte ihn mit komplizierten Riffs heraus. Alle tanzten immer wilder und sangen immer lauter, als Pips und Zak einander in Improvisationen zu dem Song, der aus Zaks Walkman dröhnte, zu übertrumpfen versuchten. Dann hörte Zak plötzlich zu trommeln auf und begann mit Christa zu tanzen. Christa ahmte alle seine Bewegungen nach, wackelte mit den Hüften und wedelte mit den Armen. Sie tanzte immer schneller, bis man nichts mehr von ihr sah als einen verschwommenen Wirbel vor den Bäumen.

Pips glühte vor Eifersucht und kam zu dem Schluß, daß er Zak nicht leiden konnte. Christa war *seine* beste Freundin, und jetzt hatte ihr dieser Fremdling den Kopf verdreht. Pips wußte, daß Zak nichts als Ärger machen würde, das konnte er in seinen Flügelspitzen spüren. Bevor das Lied zu Ende war, hatte Pips einen Plan ausgeheckt, wie er Zak eine Lektion erteilen könnte, die er nie vergessen würde. Er grinste boshaft vor sich hin, während er sich die Sache ausmalte.

Als die Musik verstummte und die Tänzer

schließlich aufhörten, sagte Pips zu Zak, er und die Bettle Boys wollten ihm gern das *wirkliche* FernGully zeigen. Zak spürte, daß Pips wie Batty sofort eine Abneigung gegen ihn gefaßt hatte. Doch er nahm das Angebot an, das, wie er wußte, eine Herausforderung war; denn er wollte Pips und den rauhbeinigen Beetle Boys beweisen, daß er ihnen in jeder Hinsicht gewachsen war. Auf das, was sie im Schild führten, war er allerdings nicht vorbereitet.

Sie gaben ihm Stinger, Stumps Käfer, zum Fliegen. Wie sich herausstellte, war Stinger ein sehr eigensinniges, übel gelauntes Insekt, das bei jeder Gelegenheit versuchte, Zak zu stechen. Zak hörte zu, wie die anderen besprachen, wohin sie fliegen sollten, und als Namen wie Adlerhorst und Donnerfälle fielen, wußte er, daß er nichts zu lachen haben würde. Er konnte zwar auf einem Pferd reiten, doch auf einem Käferrücken hatte noch nie gesessen, und das Ganze wurde noch dadurch erschwert, daß sich Stinger gleich nach dem Start in die Rükkenlage drehte und ständig durch dorniges Gestrüpp flog.

Als Pips am Bach mit einem Eisvogel um die Wette flog, beschloß Stinger, bei dem Rennen mitzumachen. Sie flogen die Donnerfälle hoch und ertranken fast in der Gischt. Dann schossen sie im Sturzflug senkrecht wieder nach unten, kamen einander bei der Verfolgungsjagd gefährlich nahe.

Stinger war außer sich vor Aufregung. Er überholte die anderen Käfer und raste dem Eisvogel nach, der mit Überschallgeschwindigkeit zu fliegen schien. Zak schloß die Augen und hielt die Luft an, als Stinger sich an den Vogel heranschob, wobei er direkt auf einen Uferfelsen zuschoß.

»Los, Stinger!« feuerte ihn Stump vom Rücken von Twigs Käfer aus an. »Er hat dich überholt, Eisvogel! Du bist von einem Männschen abgehängt worden!«

»Das war reines Glück«, sagte Pips von oben herab. »Schauen wir mal, wie er den Egelfelsen packt.«

Die Beetle Boys stimmten Pips zu, daß der Egelfelsen ein echter Test für Zak wäre. Es handelte sich um einen riesigen Felsen in der Mitte des Bachs, auf dem es vor winzigen Blutegeln nur so wimmelte.

16

Störung im Paradies

Christa war beunruhigt, als sie erfuhr, daß Pips und die Beetle Boys Zak zu einem Rundflug durch FernGully abgeschleppt hatten. Sie raste ihnen nach und hoffte, sie würde Zak finden, bevor er allzu tief in der Patsche saß. Sie wußte, daß sie die Kerle am wahrscheinlichsten bei den Schwarzfels-Klippen oder den Donnerfällen finden würde, daher startete sie in dieser Richtung den Bach hinunter.

Doch bevor sie weit gekommen war, sah sie Magi vor sich schweben. Christa wunderte sich, warum Magi wohl aus ihrem Buchenwald herausgekommen sein mochte, und war überrascht, als sie sie einen schweren Korb schleppen sah. Christa konnte es kaum erwarten, Magi alles zu erzählen, was passiert war, seitdem sie sich zum letzten Mal gesehen hatten, doch als sie sie am Fossilienbogen einholte, hatte sie keine Chance, auch nur ein einziges Wort anzubringen.

»Gut, du tauchst in den letzten Tagen immer dann auf, wenn ich dich brauche. Erzähl mir nicht, daß du Verantwortungsgefühl entwickelst, Christa!«

»Also, eigentlich habe ich nach Pips und den Beetle Boys gesucht«, gestand Christa.

»Was zählt, ist nur, daß du jetzt bei mir bist. Wie

du hergekommen bist, ist nicht wirklich wichtig.« Magi überreichte Christa ihren Korb. »Ich brauche deine Hilfe. Paddy ist krank. Sandy und Wilkea brachten heute früh Draggs, den Bartagam, zu mir. Ich tue, was ich kann, doch wenn ich nicht weiß, was die Ursache der Krankheit ist, ist die Behandlung schwierig.«

»Aber sie werden doch wieder gesund, oder?«

»Das hoffe ich sehr«, sagte Magi und flog hastig hierhin und dorthin, um Pilzsporen und Blütenpollen einzusammeln, die Christa auf Magis Bitte hin in ihrem Beutel verstaute.

»Ich muß ein Heilmittel gegen diese Krankheit finden. Der Wind trägt ein Gift mit sich herum, und der Regen fängt an, die Pflanzen zu verbrennen. So etwas habe ich noch nie erlebt.«

Magi eilte Christa voraus zum Südbuchenwald. Vor Magis Haus entdeckte Christa bestürzt, daß Ock und Rock Wache bei fünf reglosen kleinen Körpern hielten. Ihre Freunde! Sie sahen sehr krank aus.

Slider saß gegen einen Baumstamm gestützt. Neben ihm lagen Draggs, Paddy und eine Gelbbauch-Drossel namens Silky. Daneben streckten sich ein Ameisenigel-Junges und eine Schlange aus.

»Was ist denn passiert?« fragte Christa und rannte zu Slider.

»Mit mir ist schon alles in Ordnung, Christa«, wimmerte Slider. »Aber um Paddy mache ich mir Sorgen. Mel hat ihn bei mir bei den Immergrün-Fällen zurückgelassen, weil sie in ihrem Beutel eine Last für Stump transportieren wollte. Ich bin extra wach geblieben, um auf Paddy aufzupassen. Wenn er stirbt, werde ich mir das nie verzeihen!«

»Paddy *wird* nicht sterben! Hat er irgendwelche ›Einschlafblätter‹ gefressen?«

»Nein, er sagte nur, ihm sei schwindlig, und er wurde bei jedem Hopser schwächer. Ich habe ihn hierher geschleppt, und da ist er dann zusammengebrochen.« Sliders samtige braune Augen waren vor Kummer geweitet. »Unterwegs haben wir Silky getroffen, der es ebenfalls schlecht ging. Ich wußte nicht, wo du warst, deshalb habe ich die beiden hierher gebracht.«

»Da hast du genau das Richtige getan, Slider. Die beiden hatten großes Glück, daß du bei ihnen warst.«

»Also, eines wissen wir wenigstens«, sagte Magi, die eine winzige Feder aus Silkys Flügel gezupft hatte und damit in ihr Haus eilte. »Alle waren außerhalb von FernGully, als sie krank geworden sind.«

»Aber was könnte sie denn so krank machen?« fragte Christa und folgte Magi ins Haus, wo sie ihr bei der Zubereitung einer Kräutermischung zusah.

»Silkys Feder zeigt, daß sie einem sehr starken Gift ausgesetzt war«, antwortete Magi und wies mit dem Kopf in Richtung Feder, die sie neben ihren rautenförmigen Kristall gelegt hatte. »Das kann nur Hexxor sein. Ich spüre, wie seine Energie stärker wird. Ich begreife nur nicht, wie Hexxor so rasch wachsen kann. Im Moment kann ich die Wirkung seines Gifts bekämpfen, doch wenn er noch stärker wird, ist der ganze Wald in Gefahr.«

Christa war entsetzt. »Aber du hast mir doch erzählt, daß es keine Kraft in der Natur gäbe, die Hexxor befreien könnte!«

»Ich sagte, es gäbe keine *natürliche* Kraft, die ihn

befreien könnte. Bei der ganzen Sache muß etwas *Un*natürliches mitspielen.« Sie entfaltete eine Rindenrolle und studierte die Symbole, die darauf eingraviert waren. Dann seufzte sie und blickte zu Christa hoch. »Ich bin zu alt für diese Aufgabe. Um die Macht von Hexxor zu brechen, ist so viel Energie nötig.«

»Aber du kannst ihn doch aufhalten?«

»Wenn ich allein bin, ist meine Macht beschränkt. Bei meinem früheren Sieg über Hexxor war ich jung und stark und hatte den ganzen Wald hinter mir. Heute liegen die Dinge anders.«

Magi ging hinaus und kümmerte sich um die kranken Tiere. Sie gab jedem einen Löffel des grünen Pflanzenbreis, den sie zubereitet hatte. Dabei ließ sie ihre Heilkräfte durch ihre Fingerspitzen fließen. Einer nach dem anderen regten sich die Tiere und schlugen die Augen auf.

»Slider, wo bist du?« rief Paddy, setzte sich auf und rieb sich die Augen.

»Hier, bei dir, Paddy«, sagte Slider und hüpfte auf das Beuteltierchen zu.

Silky plusterte ihre Federn auf. »Hallo, Christa«, zirpte sie. »Ich habe etwas Schreckliches geträumt.«

Die Pythonschlange zischte plötzlich und schlängelte sich schweigend davon. Der kleine Ameisenigel stellte seine Stacheln auf und fragte schüchtern: »Was ist denn mit mir passiert?«

Nur Draggs bewegte sich kein bißchen. Nichts, was Magi unternahm, zeigte irgendeine Wirkung auf den Bartagam.

»Er steht unter Schock«, sagte Magi. »Ich werde ihn hier bei mir behalten. Christa und Slider, ihr bringt Silky, Treena und Paddy so schnell wie möglich nach Hause. Und morgen holst du, Christa, mir bitte ein paar Kristalle aus der Blauen Grotte. Ich muß viel Medizin herstellen, für den Fall, daß sich das Gift weiter ausbreitet.«

»Klar«, sagte Christa, die bereit war, alles zu tun, worum die alte Elfe sie bat.

»Und erzählt im Moment lieber nichts von der Sache. Wir wollen nicht, daß überall Panik ausbricht«, forderte Magi sie noch auf und scheuchte Christa aus dem inneren Buchenkreis.

Christa machte sich mit sehr gemischten Gefühlen auf den Heimweg. Als sie neben dem Ameisenigel-Jungen durch den Wald zog, warf die Sonne bereits lange Nachmittagsschatten; Christa hoffte, noch vor Dunkelheit den Alten Baumriesen zu erreichen. Niemand wollte Treena ein Stück tragen, weil seine Stacheln so spitz waren, und so kamen sie nicht sehr rasch vorwärts.

Christa wünschte, sie hätte Magi von Zak und dem Wald des Schweigens erzählt; sie lächelte still vor sich hin, wenn sie daran dachte, wie überrascht Magi morgen wäre. Sie beschloß, Zak zur Blauen Grotte und anschließend zu Magi mitzunehmen.

Als sie ihr junges Gefolge ins Verschlafene Tal führte, versprach Slider, eine Weile auf Treena aufzupassen, während Christa vorauseilte, um nach dem Kleinen Quirl zu schauen. Kaum erblickte sie ihren Schützling, erkannte sie, daß etwas furchtbar schief gelaufen war. Der Baum war sehr groß geworden — größer als jeder andere Baum im Verschlafenen Tal —, doch er war dünn wie ein Zweig. Christa war klar, daß er jeden Moment abknicken konnte.

»O Kleiner Quirl! Ich weiß, ich habe mir gewünscht, daß du der größte Baum im Wald werden solltest, aber doch nicht so!«

Steingesicht blickte grimmig drein, ohne die leiseste Spur eines Lächelns in seinem zerklüfteten Gesicht.

»Steingesicht, sag mir, was ich tun soll.«

Doch er sagte nichts, sondern starrte nur in versteinertem Schweigen vor sich hin. Christa fühlte sich schrecklich, als sie neben dem Kleinen Quirl kniete. Sie schloß die Augen und berührte seinen mageren Stamm.

»Ich weiß, daß ich etwas falsch gemacht habe, und es tut mir wirklich leid, Kleiner Quirl, bitte verzeih mir. Ich nehme alles zurück, was ich gesagt habe. Es ist mir egal, wie groß du wirst. Ich möchte nur, daß du zum *stärksten* Baum im Wald heranwächst.«

Als sie die Augen wieder öffnete, glaubte sie, von der Araukarie einen Seufzer der Erleichterung zu hören. Und als sie sich zu Steingesicht umwandte, glaubte sie, ein Lächeln zu sehen.

»Oje, man muß hier vorsichtig sein in der Wahl seiner Worte«, sagte sie und wischte abgefallenes Laub vom moosbedeckten Haupt des Felsens. »Kein Wunder, daß du immer deinen Mund hältst!«

Sie winkte den beiden zum Abschied zu und versprach, morgen wiederzukommen; sie holte die anderen beim Pythonfelsen ein, wo sie gerade den Bach überquerten. Treenas Mutter wartete schon auf ihr Kleines.

»O danke, Christa!« sagte sie. »Ich war schon ganz krank vor Sorge! Treena ist in einem Alter, wo er ständig allein davonläuft. Diesmal war er seit dem Neumond verschwunden.«

Als Treena sie nicht mehr bremste, legten sie den

Weg vom Pythonfelsen bis zum Alten Baumriesen im Nu zurück. Paddy platzte fast vor Bewegungsdrang und flitzte nur so durch den Wald — manchmal so schnell, daß Slider kaum noch mit ihm Schritt halten konnte. Als Paddy seine Mutter entdeckte, quiekte er vor Entzücken und krabbelte mit dem Kopf voran in ihren Beutel. Silky flog zu ihrem Nest davon, das sie in einem Gestrüpp von Dornenranken ganz in der Nähe gebaut hatte.

Die Sonne ging unter, als Christa und Slider schließlich den Alten Baumriesen erreichten. Christa fand Zak neben Blackbeak auf einem Zweig sitzen. Ihre Mutter wuselte emsig um ihn herum und behandelte die Schnitte und Prellungen an seinen Armen und Beinen. Batty hing direkt über Zak und beäugte ihn mißtrauisch.

»Dieser arme junge Kerl ist übel zugerichtet«, empörte sich ihre Mutter. »Was ist denn in Pips gefahren? Er sollte es besser wissen, als einen Neuling zum Egelfelsen mitzunehmen. Das ist die gefährlichste Gegend des Waldes.«

»Mach dir keine Sorgen um mich, mir geht's schon wieder gut.« Zak grinste und rutschte auf dem Zweig zu Seite, damit sich Christa neben ihn setzen konnte. »Aber ich glaube, dein kleiner Freund kann mich nicht besonders riechen.«

»Er ist *nicht* mein kleiner Freund«, murrte Christa und glühte im Zwielicht rötlich auf.

»Ich habe Zak in der freien Höhle über uns ein Bett gerichtet«, sagte ihre Mutter, bevor sie im Baum verschwand.

»O nein!« quäkte Batty. »Beim fauligen Fangzahn, Christabella. Nimm nur *das* nicht in dein Haus auf. Du wirst dich halb zu Tode zittern!«

»Jetzt halt doch endlich mal deinen Schnabel«, krächzte Blackbeak. »Wenn er ein Freund von Christa ist, dann muß er in Ordnung sein.«

»Wir haben heute schon genug Aufregung erlebt«, kreischte Queenie aus ihrem Nest unter ihnen. »Zeit, daß hier mal etwas Ruhe einkehrt!«

»Ganz deiner Meinung«, gähnte Christa. »Komm, Zak, ich zeig dir, wo du schlafen kannst.«

»O nein, nein, nein, nein, NEIN!« quäkte Batty und schlug seine Flügel über seinem Kopf zusammen, als Zak mit Christa durch die Baumschwammtür verschwand.

Al, ein Leierschwanz, ahmte sämtliche Laute nach.

17

Die Blaue Grotte

Christa schlief bis lange in den nächsten Morgen hinein und sah Zak erst am runden Tisch in ihrer Speisehöhle wieder, umgeben von ihrer Familie. Ihre Schwestern schienen sehr an ihm interessiert zu sein.

»Du hast mir nicht erzählt, daß du zwei so umwerfende Schwestern hast«, schmunzelte er, machte ihr neben sich Platz am Tisch und bot ihr eine Schale mit Beeren an, die mit zerlassenem Honigtau getränkt waren.

»Ich freue mich, daß du ihnen so gut gefällst. Ich wünschte nur, Pips und Batty wären der gleichen Meinung.«

»Christa, Zak hat uns von einem Ort erzählt, der *Schuule* heißt«, sagte Fern. »Das klingt so komisch!«

»Für mich klingt's sehr vernünftig«, entgegnete Großvater Ash, der einen Becher Fruchtnektar hinunterkippte. »Vor allem die Sache mit dem Lernen. Ich wünschte, bei uns in diesem Wald würde mehr gelernt und weniger herumgealbert.«

»Christa, in der Nacht hat es im Wald Ärger gegeben«, fiel ihre Mutter ein, die nicht wollte, daß die alten Kamellen wiedergekäut würden. »Ich gehe in den Opossumwald hinüber, da ist etwas, das die Babys krank macht.«

»Wir kommen später nach, wenn die Ballettstunde aus ist«, sagte Fern und sprang vom Tisch auf. »Mach schon, Lily, oder wir kommen schon wieder zu spät, und Myrtle, die Schildkröte, tobt vor Zorn.«

»Ich helfe bei der Reparatur des Blätterdachs«, sagte Ash, erhob sich vom Tisch und zog seine Weste an. »Ganze Abschnitte des Walds berichten über irgendwelche Schäden, dabei gab es doch gestern nacht gar keinen Sturm! Sehr seltsam.«

Christa verkündete, sie würde Zak zur Blauen Grotte mitnehmen, wo sie einige Kristalle und Kräuter sammeln wollte, die den Tieren helfen könnten. Sie trieb Zak zur Eile an und zeigte ihm draußen einen einfachen Weg, auf dem er den Alten Baumriesen hinunterklettern könnte. Während er langsam und vorsichtig abstieg, erzählte sie ihm von ihrem Freund, dem Würgefeigenbaum.

»Wußtest du, daß dieser Baum von oben nach unten wächst, nicht umgekehrt? Das macht ihn zu etwas ganz Besonderem, findest du nicht? Zu allererst fällt ein Samen in eine Astgabel oder einen Zweig eines Baumes, und dieser Same muß dann einen langen, dünnen Ausläufer zum Boden hinunterschicken. Sobald er den Boden erreicht, verzweigt er sich und bildet einen hohlen Stamm aus Wurzeln um den Wirtsbaum herum. Er ist ein toller Wohnbaum, weil der Stamm so dick ist, aber innen hohl, so daß es immer kühl und luftig ist. Und« — sie grinste Zak an — »die meiste Zeit des Jahres trägt der Baum Früchte, deshalb leben so viele Vögel auf ihm.«

Als Zak wieder festen Boden unter seinen Füßen spürte, schaute er hinauf und bewunderte den hoch aufragenden Baum. Er sah, daß er mit Hunderten von Geweihfarnen und Orchideenranken geschmückt war.

»Okay, du hast mich überzeugt, daß er etwas ganz Besonderes ist«, sagte er. »Was steht als nächstes an?«

Christa erzählte ihm, daß sie zur Blauen Grotte gehen würden, doch zu ihrer Überraschung freute er sich kein bißchen darüber.

»Aber ich dachte, wir würden diese Magi auftreiben. Erinnerst du dich nicht an dein Versprechen, daß du mich wieder entschrumpfen würdest?«

»O Zak, gefällt's dir denn hier bei uns nicht? Wo liegt der Haken?«

»Wo der Haken liegt? Der Haken liegt daran, daß ich plötzlich einem Grashüpfer nur noch bis zum Knie reiche, was für dich vielleicht völlig in Ordnung ist, aber glaub mir, mir kommt das äußerst merkwürdig vor.«

Christa versuchte, ihre Enttäuschung zu verbergen.

»Ich habe nur gedacht, daß du vielleicht eine Weile hierbleiben möchtest.«

Blackbeak flatterte zu ihnen herab, und Christa fragte ihn, ob er Zak vielleicht zur Blauen Grotte und anschließend zu Magi fliegen könnte. Blackbeak war nur zu glücklich, ihnen einen Gefallen tun zu können, und bald schaukelten sie auf seinem Rücken durch die Bäume.

Wie Zak, war auch Blackbeak ein Außenseiter. Vor langer Zeit war er aus einem anderen Regenwald nach FernGully gekommen und geblieben. Er war auf einem Auge blind und hatte ein Bein verloren, doch er wollte nie darüber reden, woher er stammte oder wie er sich seine Schlachtwunden geholt hatte.

In der Umgebung der Blauen Grotte rückten die Bäume näher zusammen, und bald flogen sie durch grüne Gewölbegänge aus dicht ineinander verflochtenen Palmen und Baumfarmen. Als sie die Blaue Grotte erreichten, versprach Blackbeak, er würde sie wieder abholen, nachdem er ein paar befreundete Kakadus in der Nähe besucht hätte.

Es war ein heißer, schwüler Morgen, und Zak stellte erfreut fest, daß sie an einem perfekten Badeplatz gelandet waren — über dem Eingang zur Blauen Grotte lag eine Reihe kristallklarer Teiche. Er schlüpfte aus seinen Sportschuhen und seinem T-Shirt und machte einen Kopfsprung in das klare, blitzende Wasser. Christa tauchte ihm anmutig nach und kam neben ihm wieder hoch, wobei sie auf dem Schwanz eines jungen Schnabeltiers ritt. Sie lachte über seine Verblüffung und machte ihm ein Zeichen, ihr zu einer unter Wasser gelegenen Höhle zu folgen.

In der Höhle war es ganz still. Die Wände schimmerten in einem sanften, blauen Licht. Christa füllte ihren Beutel mit winzigen Kristallen, die sie von den Felsen abschlug. Als ihr Beutel voll war, führte sie Zak um schlüpfrige Felsen herum zu einem tiefen Abgrund, der sie von weiteren Unterwasserhöhlen trennte.

»Wir müssen diesen Abgrund überqueren, um in die Blaue Grotte zu gelangen«, sagte sie und unterdrückte ein Lächeln. Zak sagte, er würde auf keinen Fall sein Leben aufs Spiel setzen und sich dort hineinstürzen, doch da lachte Christa.

»Das ist eine optische Täuschung, Dummerjan!

Das sieht nur so tief aus wegen den blauen Felsen darüber, die sich im Wasser spiegeln. In Wirklichkeit ist das Wasser hier ganz seicht.« Sie watete hindurch und zeigte ihm eine weitere Reihe von Tümpeln, die in dem geisterhaften blauen Licht glänzten. Sie beugte sich über einen von ihnen und rührte im Wasser, bis sich ein kleiner Strudel bildete. Sie wirbelte ihn aus dem Wasser heraus, wobei eine Kugel entstand, und warf sie Zak zu, doch als er sie auffing, zerplatzte sie, und er wurde tropfnaß.

»Reiß dich zusammen!« rief er und sah ihr zu, wie sie von ihm wegtanzte, über das Wasser der flachen unterirdischen Tümpel. Doch er mußte feststellen, daß es ihm leider nicht gelang, auf dem Wasser zu gehen. Christa machte seine ungeschickten Versuche nach, und sie spritzten lachend herum, von einem Teich zum nächsten. Dann führte sie ihn zu einem See, der, wie sie wußte, wirklich tief war. Auf Zehenspitzen huschte sie über die Wasseroberfläche und winkte ihm zu, ihr zu folgen. Er machte einen Schritt hinein — und plumpste in die Tiefe!

Sie tauchte ins Wasser, um ihn zu retten, doch diesmal konnte *er* sie überraschen — er faßte sie um die Taille, tauchte auf und hielt sie hoch über seinen Kopf.

»Jetzt hab ich dich!« rief er. Doch zu seinem Erstaunen verschwand sie in einem schillernden Lichtblitz. Alles, was von ihr übrigblieb, waren die leuchtenden Umrisse ihres Körpers, die über seinem Kopf in der Luft hingen. Wieder hatte sie ihn ausgetrickst! Er drehte sich um, sah sie in eine Höhle verschwinden und folgte ihr.

Die Höhle war von Millionen Glühwürmchen erleuchtet. Christa lächelte, als sie hörte, wie Zak bei diesem Anblick der Atem stockte, denn das war genau die Reaktion, die sie sich erhofft hatte. Die Blaue Grotte war ein ganz besonderer Ort. Sie sah Zak im glitzernden Licht an und war froh, ihn hierher gebracht zu haben.

Langsam schwammen sie bis zur Mitte der Höhle, wobei sie eine funkelnde, phosphoreszierende Spur hinter sich durchs Wasser zogen. Zak ließ sich auf dem Rücken treiben und schaute zur Glühwürmchendecke hoch. Er fühlte sich wie im Himmel; auf ihn schien eine Million Sterne herab.

Christa schwebte über ihm in der Luft und leuchtete zwischen den funkelnden Lichtpünktchen in ihrer eigenen blendenden Schönheit. Als er sie so ansah, wurde ihm bewußt, daß sie in seinem Herzen eine bleibende Spur hinterlassen hatte. Er wußte, daß er diesen Augenblick nie vergessen würde.

Als ob sie seine Gefühle spürte, sprang Christa ins Wasser und tauchte vor ihm wieder hoch. Sie streckte ihm ihre Hände entgegen, und als er sie berührte, verschränkten sich ihre Finger ineinander.

Zak fühlte sich leichter als Luft. Ohne nachzudenken, beugte er sich vor und küßte sie.

Als sie sich voneinander lösten, sah Christa erschüttert aus. Doch Zak war sogar noch stärker erschüttert, als er entdeckte, daß sie nicht länger im Wasser waren, sondern reglos in der Luft hingen, in der Schwebe unter den zwinkernden Lichtpünktchen der Glühwürmchenhöhle.

»Was geschieht denn mit uns?« flüsterte er.

»Was meinst du denn?« fragte sie und blickte ihn zärtlich an.

Er machte eine Kopfbewegung zum Wasser hinunter. »Wir hängen in der Luft, falls du es noch nicht bemerkt hast.«

Christa lächelte, dann lockerte sie ihren Griff. Sie sanken langsam ins Wasser zurück.

»Mein Körper fühlt sich so leicht an!« sagte er.

»Weil er es ist. Das ist der Zauber der Elfenliebe. Wir haben jetzt beide dieselben Gefühle.«

Sie schwamm zum schmalen Höhleneingang zurück. Sie erklärte ihm, daß sie nicht zu lange hierbleiben sollten, weil der Zauber der Blauen Grotte so stark war, daß er sie dazu verlocken könnte, immer hier zu bleiben. Zak meinte, er hätte nichts dagegen, doch Christa bestand auf ihrem Aufbruch.

»Ich dachte, du wolltest zu Magi und entschrumpft werden«, hielt sie ihm vor, als sie schließlich auf die Felsen unter den Kristallfällen kletterten.

»Später. Du hattest recht. Mir gefällt's hier.«

»Nein, versprochen ist versprochen. Ich habe gezaubert und dich zum Einschrumpfen gebracht. So ein Zauber muß rückgängig gemacht werden.«

Sie saß neben ihm auf den Felsen und ließ ihre Flügel trocknen. Beide waren so glücklich, daß sie die verräterischen Spuren von Hexxor rings um sie gar nicht bemerkten. Sie wußten nicht, daß Hexxor ihnen zu den Kristallfällen gefolgt war und alles auf ihrem Weg vergiftete.

18

Verraten!

Da sich Blackbeak nicht sehen ließ, schlug Christa vor, sie wolle allein zu Magi fliegen, weil die alte Elfe auf die Kristalle wartete, die sie gesammelt hatte.

Zak erwiderte, er würde auf Blackbeak warten. Er war nur zu glücklich, hierbleiben und sich in der Sonne ausstrecken zu können, bis er trocken wäre. Aber nach einer Weile wurde es ihm zu heiß, und er kletterte das Bachufer hoch und legte sich unter einen schattigen Baum.

Sobald er dalag, wurde ihm schlecht. Erst war ihm nur schwindelig, doch als er sich gegen den Baum lehnte, spürte er einen stechenden Schmerz. Er schaute sich den Baum genauer an und sah, daß er vor seinen Augen starb! Und wie seltsam — er hatte das Gefühl, als ob auch ein Teil von ihm wegstürbe ...

Er sprang zurück in den Bach, doch als er zu seinen Füßen hinunterblickte, sah er, daß er in einer Öllache stand. Ein ständiges Rinnsal dunklen Öls floß den Wasserfall herab und sammelte sich in den kristallklaren Tümpeln unten. Während er auf den Wasserfall starrte, krabbelte Christas Freundin, die Schnabeltiermutter, mit ihren Jungen das Ufer hoch. Auch sie waren ganz mit Öl verschmiert.

Zak rannte das Bachufer entlang und rief laut

nach Christa. Er wußte nicht, ob sie ihn hören könnte, doch er mußte irgend etwas tun, um sie vor dieser Gefahr zu warnen!

Als Christa durch den Wald flog, hörte sie seine Warnung tatsächlich. Ein heftiges Zittern durchlief sie von oben bis unten. Sie unterbrach ihren Flug; ihr Körper war ganz angespannt und wachsam vor Angst. »Diese Krankheit! O nein, ich hoffe, ich bin nicht auch davon befallen«, dachte sie und flog ins Verschlafene Tal hinunter, um ein bißchen zu rasten.

Eigentlich traf es sich sehr gut, daß sie im Verschlafenen Tal vorbeischaute, weil auch der Kleine Quirl in Schwierigkeiten steckte. Der Wuchs der Araukarie hatte sich völlig verändert. Sie war nicht mehr hoch, sondern ganz klein, sah eher wie ein zusammengequetschter Busch aus als wie ein Baum, und die Nadeln hingen in schlaffen Büscheln am Ende ihrer kräftigen, stummelartigen Zweige. Sie sah so traurig aus, daß Christa fast die Tränen kamen. Auch Steingesicht sah nicht viel glücklicher aus. Sie streichelte die Nadeln ihres Schützlings.

»Kleiner Quirl, ich weiß nicht, wie das passiert ist. Aber wenn etwas, was ich gesagt habe, daran schuld ist, dann tut es mir wirklich leid. Es ist mir ganz egal, wie du aussiehst. Ich möchte nur, daß du glücklich bist.«

Sie wünschte sich, sie könnte auch zu Steingesicht etwas sagen, was ihn wieder aufrichten würde. Es tat ihr weh, ihre Freunde so leiden zu sehen. Sie mußte ganz schnell Magi finden. In diesem Wald gingen zu viele unerklärliche Dinge vor sich. Eine tiefe, schreckliche Furcht begann mit eisigen Fingern nach ihrem Herzen zu greifen.

Sie verließ den Kleinen Quirl und Steingesicht und flog, so schnell sie konnte, zu Magis Südbuchenwald. Erst als sie Ock und Rock erblickte, verlangsamte sie ihr Tempo. Sie flatterte an den großen Vögeln vorbei, schnurstracks in Magis Haus hinein. Die Tür stand zwar weit offen, doch Magi war nicht drinnen. Immer wieder rief sie Magis Namen — keine Antwort. Da bemerkte sie eine vor Energie bebende grüne Spur, die sich durch die Bäume schlängelte. Das mußte Magis Spur sein, also ging Christa ihr nach.

Wie die Bäume und Blumen um sie herum fühlte sie sich sofort besser, als sie in Magis Nähe war. Doch als sie weiterflog, fiel ihr bei den Bäumen ein krasser Gegensatz ins Auge. Wo Magi nicht hingekommen war, starb das Laub. Die Blätter hingen schlaff herab, als ob sie um die toten Pflanzen und Blumen trauerten, die um sie herum eingeschrumpelt waren. Weiter vorn fiel ihr ein sonnenartiger Glanz ins Auge — Magi mußte irgendwo in der Nähe sein.

Christa fand Magi auf dem ausgestreckten Ast eines umgestürzten Baumes sitzen. Sie sah erschöpft aus. Ihr Energiefeld war zu einem fahlen Schlimmer abgeschwächt, und ihre Röcke aus Blütenblättern, die sonst so frisch und blitzblank waren, hingen welk und schmutzig an ihr herunter.

»O Magi!« rief Christa und rannte auf sie zu. »Magi ... was ist denn los?«

Magi gab keine Antwort. Sie starrte auf den Baumstumpf vor ihr. Er war ganz eben, als ob er mit einem mächtigen Schnitt durchtrennt worden wäre. Als Christa die glatte Fläche berührte, konnte sie kein Leben darin spüren.

»Hallo, hallo, stets zu Diensten Ock und Rock, Magis Leibwächter, Leibwächter. Wir können zwar nicht richtig fliegen, dafür sind wir aber nicht besonders schlau, nicht besonders schlau.«

»Hier Batty, hier Batty! — Heiliger Frequenzsalat, Antenne verbogen und trotzdem riesenstark auf Empfang!« Doiiing!!

»Magi, du kannst ihn wieder heil machen, oder?«

»Nein. So etwas kann ich nicht heilen ... und auch nicht aufhalten«, sagte Magi traurig.

»Aber ich weiß, wer das angerichtet hat!« sagte Christa, die sich plötzlich daran erinnerte, was sie im Wald des Schweigens gesehen hatte. »Magi, ich kenne den Täter. Es ist ein Ungeheuer, das von den Menschen bekämpft wird. Es heißt Mah-Schiene. Zak kann es aufhalten. Er malt rote Zeichen, die die Bäume schützen.«

Sie flog um den Baumstumpf herum, dann hielt sie inne und sperrte die Augen weit auf. Dort, ganz deutlich erkennbar, waren die Reste einer roten Markierung. Als sie die anderen umgestürzten Bäume untersuchte, sah sie, daß sie ebenfalls ein Zeichen trugen. In diesem schrecklichen Moment wurde ihr klar, daß die roten Zeichen die Zeichen des Todes waren.

»Aber Zak hat doch gesagt ... Zak hat mir erzählt, daß die Bäume in Sicherheit wären.«

Magi war tief in Gedanken versunken und antwortete nicht, und Christa flog in Richtung Blätterdach. Während sie ihre Spiralen ungehindert immer höher zog, dämmerte ihr, daß etwas Schlimmes passiert sein mußte. Als Magi sie nicht zurückrief, nicht einmal, als sie die Baumwipfel hinter sich ließ und in den offenen Himmel hinausflog, wußte sie, daß die Sache wirklich ernst war.

Sie schwebte in der Luft und wartete, bis sich ihre Augen an das gleißende Licht gewöhnt hatten; dann zwang sie sich, das entsetzliche Bild unter ihr anzublicken. Anstelle eines dichten Waldes dehnte sich nur noch eine monströse Ebene von Baumstümpfen bis zum Horizont. Das riesige gelbe Ungeheuer, das sie im Wald des Schweigens gesehen hatte, knurrte sie von unten an, von der Zerstörungsfront.

Magi stieg ebenfalls hoch und schwebte stumm neben ihr; beide zusammen schauten auf die Szene hinunter.

»Das ist das Ungeheuer«, schluchzte Christa und zeigte auf die untätig herumstehende Maschine. »Und noch mehr Menschen!«

Sie beobachteten, wie zwei Männer auf die Maschine zugingen und hineinkletterten. Mit einem Aufheulen erwachte die Maschine plötzlich zu Leben, rülpste eine dicke, dunkle Rauchwolke aus und walzte vorwärts, wobei sie eine ganze Baumreihe niedermähte. Christas Schmerz verdoppelte sich, als die Bäume fielen.

»Menschen«, schluchzte sie. »Menschen bringen unseren Wald um.«

»Ja«, sagte Magi. »Aber dazu kommt noch etwas anderes, etwas Schlimmeres. Durch ihren zerstörerische Umgang mit dem Leben haben die Menschen Hexxor auf freien Fuß gesetzt.«

Christa schaute auf, als eine dunkle, sich gewaltig aufblähende Wolke auf sie zugerollt kam. Aus ihrem Inneren schielte sie ein bösartiges Gesicht an. Es blies ihnen einen ekelhaften Dunsthauch entgegen. Seine feurigen Augen glühten gelb vor Wut, als sie Magi erblickten.

»Die Menschen haben unserem alten Feind zur Freiheit verholfen, und er wird jeden Tag größer«, sagte Magi und ließ sich rasch wieder unters Blätterdach fallen. »Die Menschen wissen nicht einmal, was sie angerichtet haben. Hexxor hat sich an ihre giftige Maschine gehängt. Ich glaube nicht, daß sie überhaupt wissen, daß er da ist. Ihnen ist nicht bewußt, daß Hexxor auch sie töten wird.«

Magi führte Christa in den Wald zurück. »Wir müssen das sofort dem Ältestenrat berichten«, sagte sie bestimmt.

Zak wartete schon beim Alten Baumriesen auf Christa; Blackbeak hatte ihn aufgesammelt, als er den Bach entlangrannte. Beide waren entsetzt über die unzähligen toten Fische, die stromabwärts trieben.

Zak war erleichtert, als er Christa auf sich zufliegen sah. Er wußte nur zu gut, daß seine Freunde vom Holzfällercamp für das ausgelaufene Öl verantwortlich waren. Er mußte ihr die Wahrheit darüber erzählen, was am Rand des Waldes wirklich geschah. Aber als er ihren Namen rief, starrte sie ihn nur an und flog geradewegs an ihm vorbei.

Um den Alten Baumriesen hatte sich bereits eine Menge von Elfen versammelt. Zak bemerkte, wie die Ältesten die Köpfe zusammensteckten und tuschelten.

»Jemand tötet unseren Wald!« rief eine Stimme aus der Menge.

»Wir werden alle krank«, rief eine andere.

»Was können wir bloß tun?« riefen andere.

Zak spürte plötzlich, wie alle Augen auf ihn gerichtet waren. Er lief zu Christa, die sich jedoch weigerte, ihn anzusehen.

Als die Ältesten Magi erblickten, machten sie ihr Platz.

»Kannst du uns helfen?« fragte Jips.

»Was ist das denn, was über unseren Wald herfällt?« fragte Großvater Ash.

Zak drängte sich zu ihnen durch und antwortete

an Magis Stelle: »*Menschen!*« rief er. »Menschen töten diesen Wald.«

Ein schockiertes Gemurmel lief durch die Menge, und die Ältesten starrten ihn an.

»Menschen fällen die Bäume«, sagte Zak. »Und ich habe ihnen dabei geholfen. Batty hatte recht ...«

Als er die verwirrten, unschuldigen Gesichter sah, die ihm entgegenstarrten, empfand er eine brennende Scham, doch er wußte, daß er weiterreden mußte. »Sie kommen in diese Richtung. Ihr könnt sie nicht aufhalten. Ihr müßt ... ihr müßt dieses Gebiet verlassen.«

»FernGully verlassen?« kam es wie ein Echo aus der Menge zurück.

»Wo sollen wir denn hin?« jammerte Oma Belladonna.

»Es gibt noch eine andere Möglichkeit«, sagte Magi, die damit zum ersten Mal das Wort ergriff. »Alle sollen sich im Kreis versammeln«, befahl sie. Dann schwebte sie ohne weitere Erklärungen hoch und verschwand zwischen den Bäumen. Einer nach dem anderen folgten ihr die Elfen. Bald blieb Zak allein mit Pips und Batty zurück.

Bevor Pips den anderen nachflog, funkelte er Zak wütend an und zischte: »Seit du hier angekommen bist, gab's nichts als Ärger. Geh zurück in deine eigene Welt, du Mensch! Geh zurück, bevor du uns alle umbringst.«

Als Batty sah, wie verstört Zak war, bekam er Mitleid mit ihm und bot ihm an, er könne auf seinem Rücken zum Südbuchenwald mitfliegen.

»Beim fauligen Fangzahn, du kannst doch nicht allein hierbleiben, auch wenn du nur ein mieser Menschenmurkel bist! Aber das letzte Stück mußt du zu Fuß laufen, ich mache mich nicht gerade beliebt, wenn ich mit dir auf dem Rücken anflattere.«

Zak nahm Battys unerwartetes, freundschaftliches Angebot gern an, und sie flatterten schweigend hinter den anderen her. Batty ließ Zak kurz vor Magis Haus absteigen. Viele Tiere und Vögel liefen und flogen an ihm vorbei, doch keiner sprach mit ihm. Er blieb unter einem Wandoo stehen, um ein wenig zu verschnaufen, doch er hielt sich nicht sehr lange dort auf, denn auf genau so einem Baum hatte er eine Nacht mit Christa verbracht, und der Gedanke, wie arglos und glücklich sie gewesen war, erfüllte ihn mit einer bedrückenden Traurigkeit.

Das goldene Licht der untergehenden Sonne fiel schräg durch die dunstverhangenen Buchen, und Zak folgte langsam den Tieren, die an ihm vorbeieilten. Er hörte ein Geräusch, das er noch nie zuvor gehört hatte. Es wurde immer lauter. Erst dachte er, es sei der Wind, der durch die Bäume pfiff. Doch die Luft war unbewegt. Dann blitzten Tausende funkelnder Elfen durch den Wald und sammelten sich an einem einzigen Punkt, der geradeaus vor ihm lag. Sie erleuchteten die Bäume mit ihrem hellen, flackernden Licht.

Zak rannte auf die Bäume zu und kletterte eine gebirgsähnliche Buchenwurzel hinauf. Von dort spähte er in den Lichtkreis der Elfen.

»Nennen Sie Ihren Namen, Christa«, polterte Ock und blies sich vor Wichtigkeit auf.

19

Die Zeremonie

Die Elfen saßen auf den Zweigen und Ranken zwischen den riesigen Baumstämmen. Die Vögel und anderen Tiere versammelten sich bei den Wurzeln. Wie es dunkler wurde, leuchtete das Licht der Elfen immer heller. Die Szene erinnerte Zak an einen Weihnachtsgottesdienst bei Kerzenschein, den er einmal als Kind besucht hatte. Er wußte intuitiv, daß hier ein Zauber irgendeiner Art geschah.

Zak beobachtete alles genau, da stob ein einzelnes, funkelndes Licht in den Kreis der alten Bäume hinein. Sogar ohne ihr Gesicht zu sehen, wußte er, daß es Christa war.

Dann erschien Magi aus der Mitte des schimmernden Elfenrings; sie leuchtete heller als alle anderen. Alle verstummten, als sie zu reden begann.

»Seit dem Beginn der Zeit waren wir die Hüter dieses Waldes. Doch wir sind träge geworden. Wir haben die Zauberkräfte der Natur vergessen. Die Zeit ist gekommen, daß wir uns wieder auf sie besinnen.«

Langsam schwebte sie zum Waldboden hinunter und hob ein winziges Samenkorn auf. Sie hielt es hoch, damit es jeder sehen konnte.

»Erinnert Euch an die Kraft, die in einem einzigen Samen wohnt. Dieselbe Kraft liegt auch in jedem einzelnen von uns. Es ist die Kraft der Natur. Dies ist der Zauber, an dem wir mit allem Lebendigen Anteil haben.«

Sie begann zu singen, und der Same leuchtete.

Zak hielt den Atem an, als er zusah, wie der Same heller als die Elfen wurde, bis sein gleißendes Licht Magi durchfloß, in die Erde eindrang und wieder hoch durch die Baumstämme strahlte.

Dann begann der Gesang. Erst war es ein leises Summen, dann erhoben einer nach dem anderen, jeder Baum, jede Pflanze, jede winzige Blume ihre Stimme und fielen ein. Der Wald war von ihrem Gesang erfüllt, ein Gesang ohne Worte, aber voller Stolz und Hoffnung.

Die alten Buchen sangen mit tiefen, dröhnenden Orgelbässen, während die kleinen Pflanzen kristallzarte Klänge von sich gaben. Und der Same glühte immer heller und enthüllte seine verborgene Kraft.

Die Buchen rückten enger zusammen und schlossen die Lücken zwischen sich, als ob sie das kostbarste Geheimnis der Natur schützen wollten. Zak sprang gerade noch rechtzeitig in den schimmernden Kreis hinein, bevor sich die Zweige ineinanderschlangen und Dunkelheit über den Wald draußen fiel.

Die Elfen schwangen sich in die Luft und bildeten in dem geschlossenen Zirkel ihren eigenen Kreis. Sie verwandelten sich in eine wirbelnde Lichtsäule.

Doch Christa schloß sich ihnen nicht an. Sie war von dem glühenden Samen wie hypnotisiert. Fast gegen ihren Willen wurde sie immer näher zu ihm hingezogen.

Magi lächelte und streckte Christa den Samen hin.

»O nein, Magi, nein! Ich bin noch nicht bereit.«

»Wir können uns unsere Zeit nicht immer auswählen, Christa. *Deine* Zeit ist jetzt gekommen«, sagte Magi und schloß Christas Finger um den Samen.

Vom Augenblick an, als sie den Samen berührte, spürte Christa eine Veränderung in sich vorgehen. In diesem Augenblick erkannte sie, daß auch sie eine geheime Kraft besaß, eine magische Macht, genau wie der winzige Samen. Während sie den Samen hielt, sangen die Bäume immer lauter, und die Säule der Elfen wirbelte immer schneller um sie herum.

»Suche nach der Heldin in dir, Christa«, sagte Magi mit leiser Stimme. »Richte deinen Blick auf das gute, liebevolle Herz in dir und allen anderen. Denn genau wie jeder Same hast auch du und alle anderen Lebewesen in dieser Welt die Kraft und den Zauber der ganzen Schöpfung in dir. Nutze diese Kraft, Christa, zum Heilen und Ganzmachen. Nutze sie zum Besten aller.«

Während Magi sprach, löste sich ihr Körper langsam auf, bis von ihr nur noch ein winziger, mit äußerster Helligkeit strahlender Lichtpunkt übrig war.

»O Magi, verlaß mich nicht ...«, weinte Christa.

»Altes Leben muß immer Platz für neues machen«, flüsterte Magi. »Denk daran, Christa, diese Macht ist etwas Großzügiges. Sie wächst, wenn du sie mit anderen teilst.«

Das funkelnde Licht, zu dem Magi geworden war, ergoß seinen Schimmer über Christa. Es schien so hell, daß es plötzlich in tausend flimmernde Bruchstücke zerbarst, und alle, die im magischen Kreis versammelt waren, wurden von den sprühenden Funken getroffen. Benommen sah Christa zu, wie ein letzter magischer Funke an der Stelle herabsank, wo Zak stand. Der Funke schien über seinem Kopf zu schweben, dann landete er mitten auf seiner Stirn und erhellte Zak in einem blitzartigen Aufleuchten.

Die Bäume dämpften ihre Stimmen und wichen langsam wieder auseinander. Das Licht aus dem inneren Kreis floß nun in den Wald hinaus, und bald war von Magis glühender Energie nur noch ein funkelnder Lichtpunkt in der Mitte des Buchenkreises übrig. Das Licht schimmerte aus dem Samen, den Christa in der Hand hielt.

»Magi«, weinte Christa leise und schwebte zum Boden hinunter.

»Was sollen wir tun, Christa?« fragte Jips und flog auf sie zu.

»Was hat Magi gesagt?« flüsterte Elwood.

»Daß in uns allen eine magische Kraft steckt, die wächst, wenn wir sie teilen«, antwortete sie und merkte plötzlich, daß alle Augen auf ihr ruhten; alle schienen Hilfe von ihr zu erwarten.

Christa rief sich ins Gedächtnis, was Magi ihr gerade gesagt hatte, und richtete ihre ganze Energie auf das Problem, das auf sie alle zukam. Als sie sich umblickte, fiel ihr etwas Merkwürdiges auf. Das weiche Dämmerlicht des frühen Morgens hatte den Wald durchdrungen, doch der Wald selbst war totenstill. Kein einziger Vogel zwischterte. Es herrschte eine gespenstische Stille. Und dann hörten alle ein tiefes, grollendes Geräusch, und der Boden begann zu beben.

Durch den Morgendunst drang ein anderes, helleres Licht, das sie blendete. Zak rannte auf Christa zu. »Wir müssen alle hier rausschaffen!« schrie er. »Das ist die Sägemaschine! Sie kommt auf uns zu.«

Bevor er Christa erreicht hatte, wurde das Blätterdach brutal auseinandergerissen, und das grausame Gesicht von Hexxor, der als rasende dunkle Wolke oben durch die Luft wirbelte, spähte boshaft auf sie herunter.

»*Elfen!*« brüllte er und versengte sie mit seinem giftigen Atem. »Wollt ihr mal ein bißchen frische Luft schnappen?«

»Nein!« rief Christa und stopfte den glühenden Samen schnell in ihren Beutel. Ohne nachzudenken, schoß sie auf Hexxor zu. Doch mit einem erbarmungslosen Atemzug blies er sie zurück, gegen die Wurzeln einer Buche.

»Christa, schnell weg!« schrie Zak, als die Bäume von einem grellen Licht angestrahlt wurden und die Erde unter ihnen zerbröckelte. Ein riesengroßer Maschinenarm packte die alten Buchen um den Stamm und riß sie aus dem Boden. Die Bäume ächzten, und ihre Schmerzensschreie hallten im Wald wider.

Hunderte von Elfen flogen kreischend davon. Zak rannte auf Christa zu, die direkt vor der Sägemaschine in der Luft hing.

»Christa, komm doch!« schrie er.

»Ich kann mich nicht rühren«, rief sie; das unnatürliche Licht blendete sie.

Zak wurde plötzlich von Pips und Batty zur Seite gestoßen. »Hau ab!« schrie Pips. »Hast du noch nicht genug angerichtet, du Mensch?« Er zog Christa aus der Bahn der Sägemaschine und weg vom verwüsteten Kreis der Buchen; dabei bat er sie eindringlich, nicht hinter sich zu blicken.

Mit einem herzzerreißenden Schrei wurden die restlichen Buchen entwurzelt und Magis Haus zerschmettert. Um sie herum stürzten die Riesenbäume zu Boden und rissen weitere Teile des Blätterdachs mit sich.

»Pips, such Ock und Rock!« rief Christa, als Hexxor über ihren Köpfen hinwegstürmte. »Wir treffen uns zuhause beim Alten Baumriesen. Was auch passiert, wir müssen das Herz des Waldes retten!«

»Gefällt dir mein neues Spielzeug, Elfchen?« brüllte Hexxor. Er sog die Abgase der Maschine durch die Nase ein und blähte sich grotesk auf. »Diesen Wald pflügen wir um!« grölte er, verbrannte den Boden mit seinem Feueratem und äscherte einen ganzen Zug von Eidechsen, Fröschen und Käfern ein, die durch das Dickicht krabbelten. »Und jetzt machen wir uns auf den Weg zum Herzen des Waldes!« höhnte er. »Rennt nur, Elfen, rennt!«

Noch einmal flog Christa auf ihn zu. Noch einmal wurde sie zurückgeblasen. Hexxor lachte über ihre Dummheit. Er streckte einen schwarzen Finger aus und berührte die blassen, flauschigen Morgenwolken. Er wirbelte sie zu einer schwarzen Gewitterwolke zusammen, aus der ein heftiger Guß dunklen, sauren Regens niederprasselte. Dieser Regen verätzte und verbrannte die Blätter der wenigen Bäume, die noch standen.

Batty packte Christa und Zak und suchte nach einem Unterstand, wobei er die beiden mit seinen Flügeln beschirmte. Als der ätzende Regen aufgehört hatte, gab Batty das Kommando, sich gut an ihm festzuhalten, und flog durch den Wald zum Alten Baumriesen zurück.

Alle Waldbewohner rannten oder flogen Hals

über Kopf zur Würgefeige. Entsetzte Stimmen erfüllten die Luft, und die Schreie der fallenden Bäume übertönten fast das Dröhnen der Sägemaschine, die sich auf das Herz des Waldes hin in Bewegung setzte. Zum ersten Mal herrschten in FernGully Panik und Chaos.

Christa sah Ock und Rock am Fuß des Feigenbaums kauern. Sie hoffte, daß sie ihnen eines Tages begreiflich machen könnte, warum Magi sie verlassen hatte. Erleichtert sah sie, daß der alte Potsy noch lebte; er hockte neben ihnen am Boden und leistete ihnen Gesellschaft.

»Christa!« krächzte Blackbeak. »Ich habe alle Kinder in den Alten Baumriesen gebracht. Rose Myrtle und Oma sind bei ihnen. Wir übrigen sind zum Kampf bereit!«

20

Die Sägemaschine

Zak wußte nur zu gut, daß die Sägemaschine FernGully einfach plattwalzen würde. Doch soviel Mühe er sich auch gab, er konnte die Elfen nicht dazu bewegen, von der Stelle zu weichen.

Die Sägemaschine war ein ungeheuer leistungsstarkes Fahrzeug. Sie konnte ganze Waldabschnitte in kürzerer Zeit abholzen als ein Dutzend Kettensägen. Als Zak sie zum ersten Mal gesehen hatte, war er beeindruckt. Sie war so konstruiert, daß sie, während sie auf ihren breiten Raupen dahinkroch, Bäume fällen, in Stücke schneiden, zersägen und das Holz stapeln konnte. Und für ihre gigantische Größe konnte sie mit erstaunlich hoher Geschwindigkeit über jedes Terrain rollen. Die Maschine wurde im Regenwald getestet, und alle, die mit ihr arbeiteten, waren einhellig der Meinung, daß sie Beispielloses leistete.

Zak wußte, daß der Regenwald gegen die Sägemaschine keine Chance hatte. Als er seinen Ferienjob im Holzfällercamp antrat, hätte er nie im Traum daran gedacht, daß diese Maschine ihn einmal umbringen würde — und das würde sie mit ziemlicher Sicherheit, falls er beim Elfenvolk ausharrte. Doch als er den anderen zu erklären versuchte, wie miserabel ihre Chancen standen, wollte keiner zuhören.

»Das ist unsere Heimat«, sagte Jips. »Wir bleiben hier und kämpfen.«

»Wir werden nicht weglaufen!« stimmte Großvater Ash zu.

»Aber womit wollt ihr denn kämpfen?« wandte Zak ein, »mit euren Flügeln?«

»Nein«, sagte Christa ruhig. »Wir werden uns die Kraft dieses Waldes zunutze machen. Wenn wir gemeinsam der Mah-Schiene und Hexxor entgegentreten ...« Doch sie wurde unterbrochen: der Waldboden erzitterte wieder, und der Himmel verdunkelte sich. Allen wurde bewußt, daß Hexxor die Sägemaschine auf kürzestem Weg zu ihnen lenkte.

Im Alten Baumriesen kuschelten sich Vogelbabys und winzige Tierchen aneinander, als der ungeheure Baum zu schwanken und zu ächzen begann. Rose Myrtle und Oma Belladonna versuchten die Elfenkinder zu beruhigen, während Silky ein paar Rotkehlchen-Junge bemutterte, die hungrig waren und nach Futter schrien. Geckojunge, winzige Frösche und Schlangen drängten sich neben neugeborenen Ameisenigeln und Beutelmäusen. Paddy sah im Vergleich zu den meisten riesig aus — nur Poss und Gloss, die Opossumjungen, waren annähernd so groß wie er. Viele der Tierkinder waren bereits verletzt, und Mutter Ash hatte alle Hände voll zu tun, um so viele Verwundete wie möglich zu versorgen.

»Was ist denn das für ein Lärm?« wimmerte Treena, der kleine Ameisenigel.

»Warum rumpelt denn die Erde so?« weinte Paddy.

»Es ist schon alles in Ordnung. Hier drinnen sind wir sicher«, beruhigte sie Rose Myrtle und gab sich alle Mühe, ihrer Stimme denselben festen Tonfall zu geben, mit dem sie sonst immer sagte: »Laßt den Quatsch!«

»Hoffentlich hat sie recht«, flüsterte Fern und streichelte ein verschrecktes Raupenbaby. »Und wenn das Ende der Welt gekommen ist? Wo sonst können wir denn hin?«

»Dem Ältestenrat wird schon was einfallen«, antwortete Lily.

»Aber hast du Hexxor gesehen?« fragte Fern. »Er ist unermeßlich groß!« Lilys Antwort ging im Getümmel unter, das draußen wütete.

Der Wald setzte sich zur Wehr, doch es war ein aussichtsloser Kampf. Die Vögel bildeten einen einzigen Schwarm und errichteten ein kompliziertes Labyrinth aus Rankengeflecht. Die Bäume verschlangen ihre Zweige zu einer Barrikade gegen die Sägemaschine. Aber die riesige Maschine zerfetzte einfach die Rankengeflechte und rasierte die Bäume um.

Die Beetle Boys kamen mit ihrer gesamten Gang angebraust und attackierten Hexxor. Sie flogen in dichten Kreisen um seinen Kopf, donnerten in seine Ohren hinein und wieder heraus, um ihn abzulenken, während andere versuchten, die monströse Maschine zu stoppen.

Batty schloß sich den Beetle Boys an. »Riesenstark, jetzt geht's aber rund! Zertrümmern wir diese Dreckschleuder!«

Aber Batty war kein Gegner für Hexxor — er wurde im Nu zu Boden gepustet und quäkte wutentbrannt.

Die Sägemaschine walzte nun in einem beständigen Tempo auf den Alten Baumriesen zu. Zak wußte, wie hoffnungslos die Chancen standen, er wußte, daß niemand im Wald etwas tun konnte, um diese Killermaschine aufzuhalten. Doch er wußte, daß *er* etwas tun konnte!

Ohne an seine eigene Sicherheit zu denken, rannte Zak durch dicke Rauchschwaden auf die Maschine zu. Dabei übersah er ganz die Scherenarme, die nach ihm schnappten. Wenn Batty nicht herabgestoßen wäre und ihn gepackt hätte, wäre er mittendurch geteilt worden.

»Ei vertrackt noch mal! Das ist das letzte Mal, daß ich dich rette!« knurrte Batty und wich den Feuerkugeln aus, die Hexxor wild in der Gegend herumspuckte.

Doch Zak wollte nicht in Sicherheit gebracht werden, sondern ins Innere der Sägemaschine.

»Was? Bist du des Wahnsinns?« quiekte Batty.

»Dorthin, über die Tür«, rief Zak.

Batty umkreiste die Sägemaschine, wurde aber durch die Luft gewirbelt, als Hexxor gegen die Beetle Boys ausholte und statt dessen Batty einen Schwinger versetzte. Zak rutschte dabei aus Battys Umklammerung und wurde gegen die ölverschmierte Windschutzscheibe der Sägemaschine geschleudert. Er glitt unerbittlich abwärts, den Raupen der Maschine entgegen, wo ihn der sichere Tod erwartete. Doch im letzten Moment gelang es ihm, sich an einen Scheibenwischer zu krallen. Er klammerte sich ans Wischerblatt und hämmerte gegen die Windschutzscheibe, in der Hoffnung, daß die Männer, die die Sägemaschine steuerten, auf ihn aufmerksam würden.

Die Männer bemerkten tatsächlich etwas, deshalb schalteten sie den Scheibenwischer ein, um besser sehen zu können. Plötzlich schwenkte der Scheibenwischer Zak in einem wilden Ritt hin und her! Er wußte, daß er sich nicht sehr lange würde festhalten können, vor allem, als auch noch Hexxor die gigantische Maschine umkreiste und durchzurütteln begann.

Dann schienen sich die Ereignisse zu überstürzen.

Zum ersten Mal bekamen die beiden Männer in der Maschine Hexxor zu sehen. Sie kreischten beim Anblick des häßlichen, verzerrten Gesichts, das sie durch die Windschutzscheibe anglotzte und dicke Klumpen Öl ausstieß. Die Männer rissen die Kabinentür auf und überschlugen sich fast, um nur schnell von dieser alptraumartigen Gestalt wegzulaufen, die sich vor ihrer Maschine auftürmte. Sie ließen die Sägemaschine einfach im Stich. Schreiend rannten sie in den Wald hinein.

Zak konnte sich nicht länger festhalten und begann, die Scheibe hinunterzurutschen. Zu seiner Überraschung tauchte plötzlich Pips aus dem Rauch auf und zerrte ihn in Sicherheit. Mit Pips' Hilfe schaffte er es, in die Kabine zu klettern. Keuchend schnappte er nach Luft und mobilisierte seine letzten Kräfte: Er kroch über das ölverspritzte Armaturenbrett. Immer wieder rutschte er aus und glitt ab, doch endlich erreichte er den riesigen Zündschlüssel.

Er drehte ihn auf AUS.

Mit einem Schlag ruckte die Sägemaschine und blieb stehen. Ihre Sägeblätter kamen genau vor dem Alten Baumriesen mit einem knirschenden Geräusch zum Stillstand. Hexxor erstarrte. Er versuchte die Sägemaschine wieder in Gang zu bringen —

es mißlang. Dann, in einem Anfall blinder Wut, ließ er seine Fäuste auf das riesige Gefährt niederkrachen.

Zak sprang aus der Tür, als die Kabine um ihn herum eingedrückt wurde. Wieder flog Pips zu seiner Rettung herbei und versuchte, seinen Fall zu dämpfen. Doch Zak war zu schwer, und die beiden sausten wie Blei zu Boden.

»Das ist ja unglaublich!« quiekte Batty und fing sie gerade noch auf, bevor sie auf dem Boden aufprallten. »Schwerkraft abgeschafft!«

Doch bevor sie flüchten konnten, wurde Batty von einem Stück herumfliegenden Metalls getroffen. Pips und Zak wurden beiseite geschleudert und waren in Sicherheit, aber Batty machte eine Bruchlandung. Das letzte, was sie von ihm sahen, war eine Flügelspitze, die unter einer riesigen, zerbeulten Panzerplatte herausstak.

Mel, das Wallaby, mit dem kleinen Paddy.

21

Christa fordert Hexxor heraus

Christa sah Batty zu Boden stürzen. Sie flog hinunter, wo er unter dem Schrottstück lag, doch sie konnte nichts tun, um ihm zu helfen.

»Nein!« weinte sie und versuchte ihre Tränen zu unterdrücken, weil für Tränen jetzt einfach keine Zeit war. Jeden Augenblick konnte sie von einem der wie ein Hagel vom Himmel prasselnden Metallteile erschlagen werden, die Hexxor um sich schleuderte, als er auf die Sägemaschine eindrosch.

Die dicken Rauchschwaden machten das Atmen inzwischen fast unmöglich. Die meisten Bäume waren zu Boden gestürzt, und Hunderte von Waldbewohnern lagen tot oder im Sterben da. Christa schwor, Hexxor zu vernichten, und wenn es sie das Leben kosten würde, denn ohne den Wald könnte sie genausogut tot sein.

Sie wühlte in ihrem Zauberbeutel und holte den Samen heraus, den Magi ihr gegeben hatte. Er glühte in ihrer Hand, und sie erinnerte sich, wie Magi ihr eingeprägt hatte, die Liebe, die sie für diesen Wald empfand, würde ihr eine Kraft geben, von der Hexxor nichts ahnte. Wie sie den Samen so umfaßt hielt, konzentrierte sie sich ganz darauf, ihre eigene verborgene Macht aufzuspüren.

Der leuchtende Same erinnerte sie an die magischen Kräfte, die sie mit allem Lebendigen teilte. Diese Empfindung in ihr wurde immer stärker, und sie fühlte sich Magi nahe. Sie konnte sie beinahe neben sich schweben sehen. Und bei diesem inneren Bild tauchten plötzlich Hunderte von Elfen auf und flatterten um sie herum.

Hexxor hieb in seinen ohnmächtigen Versuchen, die Sägemaschine wieder zu starten, immer noch heftig auf sie ein. Ab und zu hielt er inne, um an den Auspuffrohren zu saugen, und wenn nichts herauskam, nahm seine Wut noch zu. Er steigerte sich in eine schreckliche Raserei hinein, weil sein Brennstoffvorrat versiegt war. Am Höhepunkt seiner Wut zerschmetterte er die Sägemaschine in Stücke. Dann erhob er sich in einer gewaltigen Säule geballter Bosheit und tobte wie ein Wahnsinniger über den Resten des Blätterdachs hin und her.

»Gemeinsam *können* wir ihn aufhalten«, sagte Christa, als immer mehr Elfen sich um sie versammelten.

Doch niemand war auf den wilden Wirbelwind gefaßt, der sie plötzlich alle hoch in die Luft saugte. Hexxor streckte aus seinem kreiselnden Giftwolkenkörper einen Arm aus und zerfetzte den Rest des Blätterdachs. Dann atmete er seine eigenen herumwabernden Wutdünste wieder ein. Mit jedem Atemzug erzeugte er einen Wirbel der Zerstörung. Er blähte sich zu erschreckenden Ausmaßen auf und bereitete sich auf seine letzte Attacke vor.

»Ihr habt schon einmal versucht, mich aufzuhalten«, kreischte er und versengte mit jedem seiner schneidenden Worte die Bäume. »Und jetzt werdet ihr lernen, daß ich die mächtigste Kraft bin, die es gibt. Jetzt bin ich frei, und nichts kann mich aufhalten, alles zu zerstören, bis nichts mehr übrig ist! Schluß mit dem Wald! Schluß mit euch Elfen!«

Christa wußte: Das war ihre letzte Chance. Als Hexxor wieder Atem holte, handelte sie. Anstatt sich gegen den saugenden Luftstrom zu stemmen, flitzte sie auf Hexxor zu, wobei sie behende den herumwirbelnden Teilen auswich, die ebenfalls durch die Luft gesaugt wurden.

Wie sie so auf Hexxor zuflog, brach ein Sonnenstrahl durch die dunklen Wolken und traf auf den Samen in ihrer ausgestreckten Hand. Sofort begann der Same zu keimen, und bevor Hexxor wußte, wie ihm geschah, war Christa auch schon in sein offenes Maul hineingeflogen und verschwunden. Er hatte Christa und den magischen Samen verschluckt.

Hexxor wogte über dem Alten Baumriesen hin und her, hustete und prustete, während er an diesem unerwarteten Happen würgte. Er schrie auf vor Schmerz, als der Same in ihm zu wachsen begann. Er brüllte seinen Zorn hinaus, als eine Ranke seinen Schädel durchstieß. Er holte Atem und blähte sich auf, doch damit beschleunigte er nur das Wachstum des Samens, und immer mehr Triebe schossen aus seinem Körper heraus.

Der Same wuchs mit einer übernatürlichen Geschwindigkeit. Er wuchs zu einer Würgefeige.

Die Triebe, die explosionsartig aus Hexxor herausschnellten, verdickten sich zu stahlharten Schößlingen und schlugen Wurzeln. Hexxor bäumte sich auf und versuchte, sich loszureißen. Er brüllte, so laut er konnte, versuchte, durch den verwüsteten Wald davonzustürmen, von den Wurzeln loszukommen. Doch er war festgenagelt, und es gab nichts, was er dagegen tun konnte.

Die Luft vibrierte vor seiner Wut, als Hexxor gegen die Macht der Natur ankämpfte. Er mühte sich mit allen seinen Kräften, doch mit jeder Zuckung verzerrte er sich nur zu immer häßlicheren Formen. Der Baum in ihm würgte ihn langsam, aber unerbittlich ab. Hexxor versuchte, sich klein zu machen und herauszuwinden, doch die wurzelschlagenden Schößlinge hatten sich so dicht miteinander verwoben, daß er nicht mehr entkommen konnte. Bald war seine Stimme nur noch ein dumpfes Grollen.

Zak und Pips standen Seite an Seite und sahen zu, wie die Würgefeige wuchs und wuchs und wuchs, bis sie hoch über dem zerrissenen Blätterdach aufragte. Jetzt war von Hexxor fast kein Anzeichen mehr zu sehen. Nur ganz hoch oben im massigen Stamm war eine Andeutung seines Gesichts für immer im Holz erstarrt.

Als der Baum endlich zu wachsen aufhörte, rannten Zak und Pips auf ihn zu. Pips umflog ihn und suchte nach Lebenszeichen von Christa. Zak hastete um das Gebäude der Wurzeln herum.

»Hier unten!« rief Zak und verschwand in einem Loch zwischen den vorspringenden Wurzelausläufern. Pips eilte herbei, und sie fanden Christa ganz eng zu einer Kugel zusammengerollt, von den Baumwurzeln sorgfältig eingemummelt und behütet.

»O Chris, bitte wach auf«, rief Pips. Er hob sie auf seine Arme und küßte sie sanft.

Zu seiner Überraschung öffnete sie die Augen und lächelte ihn an. Er trug sie aus dem Baum heraus, und alle brachen in Jubelschreie aus, als sie sie sahen. Frösche sprangen in die Luft, und sogar die ernsthaften Schlangen grinsten.

»Höre ich da ein Freudenfest?« rief Oma Belladonna und streckte ihren Kopf aus dem Alten Baumriesen heraus.

»Aber sicher, Oma!« schrie Pips. »Christa ist putzmunter, Hexxor ist tot, und die Sägemaschine ist kaputt. Jetzt können alle wieder rauskommen.«

»Ach du meine Güte!« rief Rose Myrtle, als sie sich aus dem Alten Baumriesen herauszwängte. »Was ist denn bloß mit unserem Wald passiert?«

Der Kampf war vorüber, die Freude war groß, und Christa wurde für ihre Tapferkeit mit Ehren überschüttet. Doch herrschte bei allen auch große Trauer. Ihr schöner Wald lag in Trümmern, und so viele hatten ihr Leben verloren.

Zwischen den umgestürzten Bäumen und Teilen lagen auch viele verletzte Tiere. Pips organisierte Vogeltrupps, die die Verwundeten in Sicherheit bringen sollten, während Blackbeak mit Ock und Rock vorsichtig den Waldboden absuchte, ob sie nicht vermißte Freunde entdeckten. Magi und Batty gab es nicht mehr, und Draggs, der kleine Bartagam, war im Buchenkreis gestorben. Wilkea und Knot lebten, waren aber schwer verwundet.

Zak fühlte sich schrecklich; er wußte, daß er die Elfen vor dem Holzfällercamp am Rande des Waldes hätte warnen sollen, doch er hätte sich nie träumen lassen, daß die Zerstörung so rasch und in solchen Ausmaßen um sich greifen könnte. Christa saß neben ihm und hielt seine Hand, während die letzte der dunklen Wolken davontrieb. Sie wußte, was in ihm vorging. Sein Schmerz war auch ihr Schmerz.

»Du hast dein Leben für uns aufs Spiel gesetzt. Du gehörst hierher, Zak. Du bist jetzt ein Teil von uns.«

22

Es wird wieder grün

Sobald die Verletzten in provisorischen Schutzhütten versorgt waren, versammelten sich alle um Christa und Zak.

»Du hast für uns alle dein Leben riskiert«, sagte Ash und drückte seine Tochter stolz an sich.

»Magi hatte recht«, seufzte Elwood und zupfte an seinem versengten Bart. »Wir müssen uns auf die Alten Zauberkräfte besinnen. Das Wissen darf nie verlorengehen.«

»Vergeßt nicht, daß Zak derjenige war, der die *Mah-Schiene* aufgehalten hat«, sagte Christa.

Jips gab ihr recht; ohne Zak hätten sie keine Chance gehabt. »Wir hatten Glück, daß du bei uns warst.«

Aber Zak sagte ihnen, er könne nicht bleiben. Er erklärte, er müsse in seine eigene Welt zurückkehren und dafür sorgen, daß nie wieder jemand versuchte, ihren Regenwald zu zerstören.

Christa deutete auf die neue Würgefeige, und sie sahen zu, wie Schwärme lärmender Papageien und anderer Vögel in den Baum Einzug hielten und neue Nester bauten. Sie lachten über Queenie, die um den Alten Baumriesen herumflatterte. Sie zog mit ihrem Nest um, ein paar Zweige weiter weg von Blackbeaks Hochsitz.

»Du wirssst dasss Fresssen vermisssen, dasss er fallen lässst«, zischte Greeny, die sich um ihren Lieblingsast gerollt hatte und ihren verwundeten Schwanz pflegte.

»Daß du ja keinen Knoten reinkriegst«, keifte Queenie und säuberte ihr Nest. »Wenigstens wird es ohne diesen Quatschschnabel über mir friedlicher sein.«

»In FernGully zieht der Alltag schneller wieder ein, als wir denken«, sagte Christa lächelnd.

Pips flog zu ihnen hinunter. Als er erfuhr, daß Zak sie verlassen wollte, tat ihm das wirklich leid. Er hatte selbst mit angesehen, wie Zak für sie alle sein Leben aufs Spiel gesetzt hatte. Zak hatte bewiesen, daß er ein echter Freund war. Durch Zak hatte Pips auch gemerkt, wie sehr er Christa liebte, so sehr, daß auch er jetzt die alten Zauberkräfte erlernen und anwenden wollte.

Pips trat einen Schritt auf Zak zu und umarmte ihn. »Du wirst uns fehlen. Ein Mensch magst du ja sein, aber jedenfalls ein guter.«

»Danke«, lachte Zak, der ganz gerührt über Pips offene Freundschaft zu ihm war. »Den Walkman kannst du behalten, Kumpel. Der gehört jetzt dir.«

»Danke, Kumpel«, sagte Pips grinsend.

Blackbeak flatterte über ihren Köpfen herbei und wandte sich an Christa. »Honig-Beerchen, ich habe gerade zwei weitere Menschen im Verschlafenen Tal gesehen; sie irren in Kreisen herum.«

»Ralph und Tony«, sagte Zak und erinnerte sich an die beiden Männer, die die Sägemaschine bedient hatten. »Ich muß sie finden.«

Blackbeak bot ihm an, ihn hinzufliegen; Christa wollte die beiden bis zum Verschlafenen Tal begleiten. Alle winkten Zak zum Abschied zu und sagten ihm, daß sie hofften, er würde eines Tages zurückkommen.

Als sie ins Verschlafene Tal kamen, sah Christa zu ihrer Erleichterung, daß Kleiner Quirl immer noch stand. Ein paar Zweige fehlten der kleinen Araukarie, aber sonst strotzte sie nur so vor Leben. Sie war nicht zum größten Baum herangewachsen und machte auch nicht den Eindruck übermäßiger Stärke, aber man sah ihr an, daß sie einer der glücklichsten Bäume im Wald war. Auch Steingesicht, der unter Blättern und Schmutz halb vergraben war, sah glücklich aus.

Blackbeak zeigte ihnen, wo die beiden Männer herumstolperten. Als Christa sie beobachtete, wußte sie, daß es Zeit für Zak war, zu seinesgleichen zurückzukehren.

»Die Menschen sind nicht so schlecht«, sagte Zak. »Sie begreifen nur nicht, warum dieser Wald etwas so Besonderes ist.«

»Das werden sie schon lernen«, sagte Christa. »Aber nicht einmal mit Hilfe der Alten Zauberkräfte können wir den freien Willen anderer Wesen beeinflussen. Jeder kann lernen, die Dinge anders zu sehen, aber nur, wenn er will.«

»Ich wünschte, ich wäre so überzeugt wie du«, sagte er voller Bewunderung.

»Vergiß nicht, welche magischen Kräfte wir alle gemeinsam haben«, sagte Christa und reichte ihm einen Samen aus ihrem Beutel. »Und denk dran: Die magischen Kräfte wachsen, wenn wir sie miteinander teilen. Erinnere dich daran, Zak; erinnere dich an alles.«

Zak schloß seine Faust um den Samen, und er

küßte Christa zum letzten Mal. Es war ein Kuß voller Liebe und Freundschaft, und als er davonging, standen Tränen in seinen Augen.

Christa hob ihren Arm und sang leise:

Vom Zauber will ich dich befrei'n:
So groß wie früher sollst du sein.

Zak wuchs bei jedem Schritt, den er ging, ein Stück in die Höhe. Ralph und Tony staunten und freuten sich, ihn wiederzusehen; sie waren nur zu froh, daß er sie aus dem Verschlafenen Tal herausführen konnte.

Als sie durch die Überreste des einstigen Waldes gingen, stellte Zak fest, daß die winzigen Dinge, die ihm zuvor aufgefallen waren, jetzt kaum noch erkennbar waren; viele entzogen sich auch seiner Wahrnehmung. Sie gingen am Alten Baumriesen vorbei, doch Zak bemerkte nichts als die Vogelschwärme in den Zweigen. Er konnte die Feen und Elfen um ihn herum nicht sehen, doch er konnte ihre Gegenwart spüren.

Er stieg über ein verformtes Stück Metall und starrte auf die Flügelspitze, die darunter hervorguckte. Er hob die Metallplatte hoch — und da, in einem Erdloch, lag Batty!

Er hob die Fledermaus hoch und hielt sie behutsam in den Händen. Wie klein sie jetzt aussah!

»Iiiieeh!« kreischte Batty, als er plötzlich die Augen aufschlug und Zak ins Gesicht starrte. »Ich bin geschrumpft!«

»Nein, das bist du nicht«, sagte Zak. »Ich bin gewachsen. Alles in Ordnung mit dir?«

»Möglich, vermutlich, wahrscheinlich ...«, brabbelte Batty, schüttelte den Kopf und schaute sich um.

»Bist du sicher?«

»Todsicher«, grinste Batty.

Zak öffnete seine Hände, und Batty flog davon.

»Was ist denn eigentlich passiert?« fragte Ralph, der wie betäubt zwischen den Überresten der Sägemaschine stand und zu dem zerfetzten Blätterdach hinaufblickte.

Zak wußte nicht, was er sagen sollte, als er den verwüsteten Wald vor sich sah. Daher nahm er einfach den Samen, den Christa ihm gegeben hatte, und pflanzte ihn ein. Dann ging er davon und blickte sich nicht um, denn er hatte die lange Reise zurück in seine eigene Welt begonnen.

Die Sonne schien auf den Samen herunter, und er keimte, und als die Pflanze wuchs, begannen ein paar einsame Bäume zu singen. Batty flatterte zum Alten Baumriesen zurück, zur großen Freude von Christa und allen anderen Elfen, die überglücklich waren, daß er gesund und munter war. Dann begannen alle zu singen, denn das Lied der Bäume rührte an ihre Herzen. Die Elfen schlossen sich zu einer lichtsprühenden Spirale zusammen und tanzten zur Musik, als das Herz des Waldes zu neuem Leben erwachte.

Christa löste sich aus der Elfenspirale und raste zum Himmel empor. Sie führte ihre atemberaubenden Flugkunststücke vor — drehte sich, kurvte herum und sauste im Sturzflug zum Waldboden hinunter. Sie flog, wie sie noch nie geflogen war. Der Gesang wurde immer lauter, das Grün breitete sich aus, und Christa leuchtete vor Glück.

Pips flog zu ihr, und gemeinsam tanzten sie in der Sonne.

»Vergnügt ihr euch?« rief Oma Belladonna und

streckte ihren Kopf aus dem Alten Baumriesen heraus.

»Ja«, rief das Elfenvölkchen, »Zeit, zu feiern, daß der Wald wieder grün wird.«

»Riesenstark!« quäkte Batty, ließ sich von seinem Zweig fallen und flappte mit beim Freudentanz der Elfen.